SCÈNES ET TABLEAUX

DE

LA VIE ...

A. LAISNÉ DE LA VILLE

LAUSANNE

1900

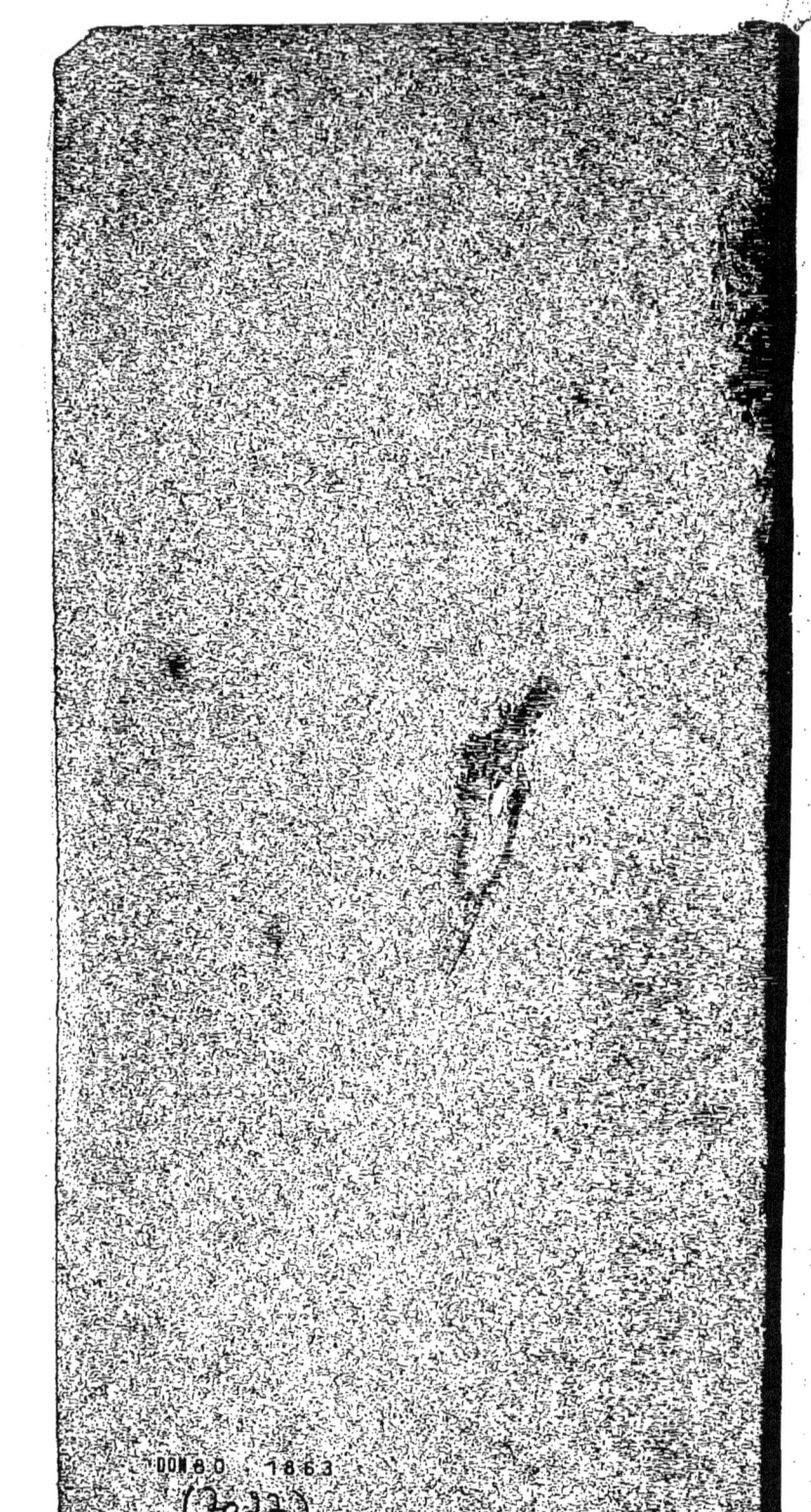

(7027)

à Monsieur Maurice Barrès
hommage de

A. Louinet de la Salle

ANCIENNES MŒURS

SCÈNES ET TABLEAUX

DE

La Vie Provinciale

Aux XIXe et XVIIIe Siècles

A. LAISNEL DE LA SALLE

LA CHATRE
IMPRIMERIE L. MONTU
1899

INTRODUCTION

J'avais un vieil ami; vieil ami à tous les titres. Il était né avec ce siècle, et depuis mon enfance je le chérissais.

C'était un observateur, un savant modeste et un sage. Il était bon, sérieux et gai, spirituel, et désintéressé. Républicain convaincu, bien avant la venue de la République, il jugeait de haut les choses et les gens et, à l'occasion, stigmatisait avec énergie l'erreur, l'injustice et le vice. Le sort pénible et précaire des humbles et des petits le touchait vivement et, à cette époque où régnait le *cens* électoral, l'égoïsme des privilégiés de la fortune, l'achat des consciences et les scandales du jour, le révoltaient.

Qu'eût-il pensé, qu'eût-il dit, qu'eût-il écrit, si, ayant pu assister au plein épanouissement du gouvernement de ses

rêves, il eût constaté les angoisses patriotiques, l'agitation désorganisatrice et les
turpitudes des temps présents ?

Pourquoi, — disait-il, — dans chaque famille, ne tient-on pas un journal
de ces mille petits événements quotidiens
qui composent la trame de notre existence. Et il citait à l'appui, cette page
de Montaigne :

« En police œconomique, mon père
avait cet ordre que je sais louer, mais
nullement ensuyvre : c'est qu'il ordonnait à celui de ses gents qui lui servait à
escrire, un papier journal à insérer toutes les survenances de quelque remarque,
et jour par jour, les mémoires de l'histoire de sa maison, très plaisante à veoir
quand le temps commence à en effacer
la souvenance, et très à propos pour
nous ôter souvent de peine : « quant fut
entamée telle besongne, quand achevée ;
nos voyages, nos absences, mariages,
morts, la réception des heureuses ou

malencontreuses nouvelles ; changement
de serviteurs principaux ; telles matiè-
res. » Usage ancien que je treuve bon à
refreschir, chacun en sa chascunière : Et
me treuve un sot d'y avoir failly. »

Il y aurait, ajoutait-il, un moyen de
rendre ce papier journal tout à fait intéressant, ce serait d'y insérer des détails
sur les mœurs de l'époque où l'on vit,
sur les coutumes de la localité que l'on
habite. Ce recueil transmis de génération
en génération, irait toujours se grossis-
sant ; ce serait un lien entre les vivants
et ceux qui ne seraient plus.

Ce repertoire domestique, l'ami dont
je parle, l'a tenu ; il l'a tenu, jour par
jour, complètement et, selon moi, excellemment, pendant les nombreuses années
qu'il a vécu la vraie vie de la campagne.
C'est d'une gerbe féconde que je détache
cette première poignée d'épis, que d'autres suivront, si l'on trouve que le grain
en est bon. Mais, avant tout, je crois

opportun de dire deux mots du champ où je glane et de son maître.

Il demeurait à cinq kilomètres de la ville de La Châtre, dans une étroite et verdoyante vallée, et en un lieu appelé Cosnay. Sa maison, — le château, — était située sur les bords ou plutôt au milieu de la rivière d'Igneray. Tout au-tour s'étalait un bel enclos; des jardins, des vignes et des prés, puis des champs qui formaient ce qu'on appelait la *réserve*, et s'exploitaient directement. Plus loin, sur le plateau, et par de là un vaste communal, connu de temps immémo-rial sous le nom celtique de *Paraquin*, se trouvait le village qui comprenait deux domaines, — dont l'un cultivé par un métayer, appartenait au châtelain, — puis une vingtaine de chaumières occu-pées par des ménages de paysans.

C'est dans ce cadre retiré, paisible et gracieux, qu'avec sa femme et ses deux jeunes enfants vivait notre philosophe.

La serpette et la bêche à la main, il dirigeait ses ouvriers et se plaisait à améliorer et à embellir son voisinage. Heureux de l'amour de tous les siens, il avait pour satisfaire ses goûts intellectuels, sa bibliothèque, sa plume, le livre que Dieu tenait à toute heure ouvert sous ses yeux qui savaient y lire, et ses pensées. Son journal quotidien, le *National*, reliait sa vie à la vie politique et universelle. Les samedis, il allait à la ville, où il faisait ses affaires et voyait ses amis. Et, parfois, surtout pendant les beaux jours, survenaient des visites qui, toujours chaudement accueillies, remplissaient le vallon d'imprévu, de mouvement et de joie.

Des renseignements de toute nature abondent dans ces cahiers que, pendant un laps de plus de quinze années, le châtelain de Cosnay a tenus uniquement pour lui-même et les siens ; sans se douter bien sûr qu'une main, peut-être indiscrète, en divulguerait un jour les feuillets.

En outre de détails d'un intérêt tout
local ou personnel, on y trouve des observations météréologiques constantes et des
données complètes sur le taux des salai-
res et la valeur des choses et des objets.
A travers tout cela s'égrènent des refle-
xions, des causeries, des incidents, des
anecdotes qui éclairent et expliquent
l'allure, le caractère et le parler du paysan et du bourgeois d'alors, en même
temps qu'ils reflètent la bonhomie spi-
rituelle de l'homme excellent et distingué dont ils émanent.

ANCIENNES MŒURS

SCÈNES ET TABLEAUX

DE

LA VIE PROVINCIALE

Aux XIXᵉ et XVIIIᵉ Siècles

PREMIÈRE PARTIE

Vie provinciale sous Louis Philippe
1830 à 1845

CHAPITRE PREMIER

Des Paysans du Berry

Il y a un peu plus de trente ans, un Préfet de l'Indre traçait de la manière suivante le signalement de ses administrés. — « Les habitants de ce pays ont le regard timide, les yeux sans vivacité ; leur physionomie a peu d'ex-

pression, leur allure est embarrassée,
etc.,etc.» —Puis,après ce piquant morceau d'histoire naturelle, qui nous clas-
serait, si nous avions des plumes, dans
l'honorable famille des Grands-Ducs
ce profond observateur signale dans
nos habitudes une anomalie étrange,
bien faite pour nous distinguer de toutes
les autres populations de la France,
c'est à savoir : *que nous levons l'un
après l'autre les pieds pour danser !...*

Chose incroyable ! Loin de nous for-
maliser de cette pittoresque description
tion de l'indigène indrien, nous avons
eu plus d'une fois la bonhomie de la
reproduire dans nos almanachs. Heureusement, un poète qui vit parmi
nous vient d'effacer ces stigmates pré-
fectoraux, et désormais en parcourant
nos contrées, l'étranger, que préoccu-
pera le souvenir de *Valentine* et de
Bénédict, oubliera facilement l'oracle
administratif.

Grâces te soient donc rendues, ô George Sand ! pour toutes les fleurs dont tu as semé les bords jusque-là si dédaignés de notre jolie rivière !

En vérité presque tous les paysans du Berry conservent encore aujourd'hui (1835), dans leur contenance, dans la tournure de leur esprit et dans leur manière de s'exprimer, les stigmates avilissants de la féodalité.— Ces braves gens devaient être merveilleusement incorporés à la glèbe, et notre ancienne noblesse n'éprouvait assurément que liesse et contentement à tailler et mortailler une nature aussi débonnairement serve.

Je ne crois pas qu'on les accuse jamais d'avoir inventé les barricades ; et si *le Roi de notre choix* n'avait que des sujets aussi peu récalcitrants, nous en serions encore, avec cet honnête homme, dans les meilleurs termes, et au lieu de s'appeler Philippe, il pourrait tout aussi bien s'appeler Pépin.

Néanmoins le paysan berruyer n'est pas un être stupide et hébété, comme pourrait le faire croire le portrait que nous en a laissé M. D'Alphonse notre premier satrape.

Que nos faiseurs de lois, qui traitent un peu trop en bête de somme l'habitant des campagnes, consentent enfin à lui assurer du pain et de l'instruction, il aura bientôt repris l'attitude et le langage qui conviennent à l'homme libre. En attendant, il est ce qu'il doit être : plein de défiance de lui-même, il n'agit et ne parle qu'avec circonspection, est toujours en crainte de se compromettre, n'affirme et ne contredit, pour ainsi dire, que de biais.

Énoncez devant lui la vérité la plus évidente, la plus incontestable ; celle-ci, par exemple, dont il n'ignore : *On nous écrase d'impôts. — C'est pas faux*, sera presque toujours son uni-

que réponse. L'anecdote suivante prouve combien il est peu enclin à l'esprit
de contradiction, et jusqu'à quel point
il pousse la déférence pour l'opinion
de *ses maîtres*, ce qui ne l'empêche pas
in petto de ne jamais se départir de la
sienne.

Peu de temps avant sa mort, M.
Bourdeau-Fontenet, ex-maire, ex-
député de La Châtre, étant visité par
l'un de ses métayers :

— Mon pauvre François, lui dit-il,
je suis un homme foutu !

— *Peut être ben, noût'maîte*, reprit
le candide villageois. — Le moribond
ne put s'empêcher de sourire de la
naïveté de cette réponse.

Ces habitudes précautionneuses et
réservées, cette soumission aux idées
de ses supérieurs ne sont point le
cachet de la sottise ; elles sont le
résultat du trouble moral qu'a dû
éprouver ce pauvre affranchi, lors-

qu'après des siècles d'esclavage, il
s'est trouvé tout-à-coup délivré de ses
fers, et abandonné à lui-même, sans
ressource, sans guide et sans soutien ;
semblable au chien fourvoyé, qui ne
sait que faire de sa liberté, et en est
réduit à regretter un maître qui le ros-
sait, mais qui lui donnait du pain.

Chapitre II

Les Petits Ménageots

En 1835, il y avait à Cosnay vingt feux ou familles, savoir : le château, deux domaines, le moulin et seize maisons de petits ménageots (1). En tout cent cinq personnes, dont soixante-neuf ménageots.

Sur ces seize familles de petits ménageots, il y en a onze qui habitent chez elles, les cinq autres tiennent à ferme les maisons qu'elles occupent.

Il y a quarante ans on ne comptait dans le village que trois établissements de ce genre, qui, l'un portant l'autre, pouvaient former un effectif de quinze personnes dont la position devait être d'autant plus florissante qu'elles avaient à dîmer sur quatre domaines

(1) Ménageot. — On appelle ainsi le journalier qui possède une chétive maison, une chenevière et quelques boisselées de terre.

dont deux ont été depuis vendus en
détail.

Alors la subsistance animale du petit
ménageot était non seulement assu-
rée, mais il trouvait encore, en cas de
maladie, ou de tout autre malheur, des
secours efficaces et certains auprès du
propriétaire châtelain et des fermiers
du village.

Son sort est aujourd'hui bien changé ; le malheureux, réduit à ses propres ressources, ose à peine, dans sa
plus grande détresse, implorer l'assistance de voisins continuellement en
but à ses pilleries de Bedouin ; et,
d'ailleurs, quelque charitables que
soient les dispositions de ces mêmes
voisins à son égard, le soulagement
qu'il peut en attendre n'allégera toujours qu'imparfaitement d'aussi nombreuses misères.

De nos jours, le ménageot n'est donc
guère occupé d'un bout à l'autre de

l'année qu'à tirer le diable par la queue et le plus grand nombre la tire à l'arracher. Il élève des oies, des poules, *tient un petit paquet d'oüeilles* (1), une chèvre, deux cochons qu'il achète à la tétine et revend *nôrins* (2), ou bien (encore selon son expression) lorsqu'ils sont devenus *un p'tit fortats,* c'est-à-dire un peu forts.

Oies, poules, oüeilles, chèvres, cochons, tout cela, y compris les maîtres, vit à peu près aux dépens des deux seuls domaines que renferme Cosnay.

Quand vient l'hiver, et que la saison est dure, le ménageot ne connait plus de frein ; il se rue, pour refaire son bûcher, sur tous les *têtaux* (3), sur toutes les haies qui sont à sa proximité ; et souventes fois, semblable au loup que la faim démoralise on l'a vu

(1) Oüeilles ; brebis.
(2) Nôrin ; cochon adulte.
(3) Têtaux ; arbres que l'on ébranche et étête périodiquement.

piller, sans vergogne, un frère tout aussi gueux que lui.

Malgré que le ménageot soit pour nous en particulier, ce qu'est l'hippobosque au jeune poulain, ou l'acare au galeux, nous ne saurions taire que celui de Cosnay n'est ni méchant ni vindicatif. Il ne se plaît pas à faire le mal pour le mal : toujours en face de la faim, la misère seule l'a rendu maraudeur et rusé ; assurez lui du pain, il sera aussi honnête homme que vous et moi.

Quoi qu'il en soit, son sort devient de jour en jour plus inquiétant. D'humeur essentiellement prolifique, comme tous les parasites, — la pauvreté est mère de l'amour, dit Hésiode, —il va se multipliant dans une progression vraiment effrayante et finira par s'affamer lui-même, tout en affamant les petits propriétaires électeurs qui sont ses voisins. — Pareils aux innombrables

et jaunes *rabiniaux* (1) qui, lorsque
vient le mois de juin, envahissent nos
chottes (2) et s'étiolent entre eux, tout
en amaigrissant nos épis.

Les ventes de biens en détail ont
singulièrement favorisé la propagation
du ménageot, sans que pour cela la
culture des terres, au moins dans nos
environs, ait rien gagné à ce morcel-
lement des propriétés.

En effet, le petit ménageot est, sous
plus d'un rapport, le fléau de l'agriculture. D'abord, ses déprédations dégoû-
tent une foule de propriétaires de faire
valoir par eux-mêmes leurs domaines
qu'ils préfèrent abandonner à des fermiers routiniers en général et peu soucieux d'améliorations.

D'un autre côté, le petit ménageot
est trop pauvre et vit trop au jour le

(1) Rabiniau ; on donne ce nom à la moutarde
sauvage ou la sauve.
(2) Chottes ; terrain calcaire de peu de profondeur,

jour pour pouvoir cultiver d'une manière profitable la parcelle de terre
dont il est le possesseur ; alors forcé,
quand vient la saison des *guéréchures*
(des labours), de payer très cher pour
faire labourer très mal le champ qui
doit nourrir sa famille; il arrive trop
souvent que le produit de son terrain
est absorbé par l'impôt et les frais
d'exploitation.

De tous les prolétaires, le ménageot
est certainement celui qui a retiré le
moins d'avantages de notre grande
révolution.

Qu'est-ce en effet qu'un affranchi
sans pain ?

Ceux de nos pères qui ont mis la
main au puissant levier révolutionnaire
de 89, n'ont fait que déranger cette
dernière assise du vieil édifice social,
sans indiquer la place qu'ils lui réser-
vaient dans le devis de leur grande
reconstruction politique.

Or, voilà tantôt un demi siècle, gouvernants ! que, confiant en vos hautes lumières, le prolétaire attend ce que vous voudrez bien faire de lui. Toutes les fois que dans l'application de vos théories, vous avez trouvé des rois pour obstacle, vous savez que son vigoureux coup de main vous est venu efficacement en aide. Sa besogne faite, et bien faite, il ne vous a jamais demandé qu'un morceau de pain pour salaire ; et que lui avez-vous donné, généreux que vous êtes ? — La loi sur le vagabondage, la loi contre les associations et les dépôts de mendicité ! Après quoi, (car vous êtes aussi de hardis plaisants !) vous lui avez posé sur la tête la couronne d'épines, et lui avez dit : — « je te salue, peuple souverain ! »

Oui, il en est ainsi ! une fois hissés sur la crête du volcan révolutionnaire, vous repoussez du pied le peuple qui

vous a servi d'escabeau, et ne vous
ingéniez plus qu'à prévenir de nouvelles éruptions. Insensés ! qui tous
avez la prétention de clore herméti-
quement et à jamais un pareil cratère,
tandis que la science en est encore à
tâtonner pour nous préserver des péta-
rades d'une misérable marmite !

En présence de tant d'iniquités et de
tant de misères, il nous sied bien à
nous bourgeois républicains, à nous
demi privilégiés, qui, toutes les fois
que le peuple s'est donné le passe-
temps de courre le roi, nous sommes
toujours trouvés des premiers à la
curée pour nous tailler une part d'é-
goïstes, il nous sied bien, dis-je, d'être
impatients, et de trouver long l'enfan-
tement révolutionnaire !

N'avons-nous pas pour occuper nos
loisirs et pour nous distraire du scan-
dale que nous donnent tant de larrons
politiques, le spectacle de toutes ces

couronnes qui tombent fleuron à fleuron du front de nos faux Dieux ? Ne
nous plaignons donc plus pour notre
compte, ne disons plus : je souffre !
lorsque à notre porte nous avons des
frères qui pour tout cri séditieux ne
profèrent que ces navrantes paroles :
« J'ai faim ! »

Donc, à une époque de refonte so-
ciale comme celle où nous vivons, dans
un temps où chacun de nous peut, du
jour au lendemain, se réveiller petit
ménageot et même tomber dans une
position beaucoup moins confortable,
il ne serait pas hors de propos de
s'occuper enfin sérieusement du sort
futur de cette race déshéritée.

Les Hébreux ont fini par prendre en
dégoût la manne du désert et par regretter les oignons d'Egypte : les ménageots et autres prolétaires qui, depuis
si longtemps, mâchent à vide, pourraient bien finir par exiger une partie

de la desserte de nos tables.

Car, hélas ! nous sommes loin de ces âges d'or où Dieu ne laissait jamais ses enfants dans le besoin ; aux petits ménageots Dieu ne donne plus la pâture, il ne paye pas même leurs impôts ! Nous devons donc craindre que la misère ne suscite tôt ou tard une lutte terrible parmi les hommes, et malheureusement ceux d'entre eux qui auraient assez de capacités spéciales pour chercher un remède à une aussi grande catastrophe, n'auront jamais assez faim pour le trouver.

Chapitre III

De quelques prix des choses

En mars 1832, j'ai fait épierrer tout mon champ de sainfouin, par des femmes que je payais douze sous par jour sans les nourrir. — Mes ouvriers, suivant les saisons, gagnent, non nourris, 18, 20 ou 22 sous ; et quand on les nourrit 8, 10 ou 12 sous.

* *

En 1832 j'ai vendu mon vin vingt-trois francs la pièce. — En 1833 je le vendis 20 francs la pièce ou dix francs le tonneau de vendange.

* *

J'ai acheté pour mes enfants une ânesse sur le point de mettre bas, qui me coûte 25 francs. Nous avons acheté aussi une très belle vache laitière au prix de 266 francs. Enfin, j'ai vendu à

un boucher, un veau de quatre semaines, qui pesait 140 livres. Il me le
payait six sous la livre sur pied, ou
tout vivant.

**

Je donne par an au vétérinaire ou
médecin des bœufs, comme on dit à
Cosnay, 4 boisseaux de froment; le
métayer en donne autant de son côté.
C'est un abonnement, et moyennant
ces 8 boisseaux de blé, le vétérinaire
soigne dans leurs maladies tous les
bestiaux du domaine et affranchit tous
les taureaux, cochons et poulains auxquels on juge à propos de faire cette
galanterie.

**

Orban est entré chez nous comme
domestique en avril 1833. Il gagne par
an 130 francs, épingles comprises.

**

Le 24 octobre 1835, je me fixe tout-
à-fait à Cosnay où, jusqu'alors je ne
résidais que l'été.

Dieu seul sait pour combien de
jours nous voilà campés dans notre
petite vallée ! Maintenant que j'ai ra-
mené mes petits aux lieux où je suis
né, puissé-je avoir le temps de faire
germer dans leur cœur les principes
d'honneur et de probité qui plus tard
serviront de base à leur dignité d'hommes ; et puissé-je aussi leur transmettre les goûts simples auxquels j'ai dû
l'humble lot de bonheur qui m'est
échu ici-bas !

CHAPITRE IV

Croyances et Superstitions

JEÛNE

C'était le 25 mai 1836, je me promenais dans le parc, et j'étais étonné de ne pas voir Jean Proton, l'un de mes ouvriers, s'en aller goûter avec les autres, car il était une heure passée.

— Tu n'as donc pas faim aujourd'hui, Jean ?

— Sia ben nout'maîte, c'est que j'jeûne.

— Ah !

— Oui, j'jeûne pour mon p'tit frère.

— Comment pour ton petit frère ?

— Oui nout'maîte, parce qu'à longue année il a le *mal de vent'e* (la colique) et ma mère a dit comme ça : Jean y faudra qu'tu jeûnes pour ton p'tit frère, pendant les trois vendredis d'avant la

Pentecôte ; après çà, son père et moi j'irons à St–Jarvais (St-Gervais), à son intention, et p'tête que ça *l'tancera* (tourmentera) pas tant une autre fois.

— On peut donc jeûner comme ça pour un autre ?

— Oh ! oui nout'maîte. V'là ben la Solange Bonnine, la sœur d'Orban, qu'a jeûné trois ans de rang pour Charly son cousin des Ormiaux, qui avait fait un vœu pour le mal de tête.

— C'était bien commode pour Charly ?

— Oh ! Vous voyez ben not'maîte, .ça s'trouve dans la saison des *guéré–chures* (des labours), etc'gars, c'est obligé de labourer toute la journée, ça *l'fou-galerait* (tourmenterait) trop.

— Ah !

— Oui, mais y la paye ; il y doune dix sous par jour, ou par jeûne.

— Alors il n'y a rien à dire. (1)

(1) Dans le 14ᵉ siècle on faisait encore métier d'aller quérir des pardons, c'est-à-dire des indulgences par des pélerinages et en faisant

TIREUR DE COUPS

— Monsieur, votre domestique est-il là ?

— Non, ma brave femme, il est à La Châtre.

— Ah ! j'en suis bien fâchée.

— Mais que lui voulez-vous ?

— Monsieur, je voudrais *qu'y m'tire des coups.*

— Comment, qu'il vous tire des coups ?

— Oui, monsieur, je suis tombée sur le *quart* (angle) d'un coffre et je me suis fait bien du mal ; il y a de cela huit jours et je souffre toujours autant, mais on m'a dit que votre domestique savait les paroles pour tirer les coups et je suis venu le trouver.

⁂

Notre village est on ne peut mieux monté en médecins. — Pédard panse

les pénitences imposées à d'autres. On appelait ceux qui en faisaient métier : *Quéreurs de pardon.*

des (guérit des) *loubes* (loupes). — Le
petit Julien panse du *varin* (venin). —
Rochat panse de *l'enchappe* (glande au
cou) et de l'entorse. — Proton panse
du charbon ; enfin Orban *tire les coups*.
J'oubliais la grand Mimi, qui panse du
javart (scorbut) et qui pour cela n'a
pas besoin de voir le malade. Il lui suffit de connaître les noms de sa mar-
raine et de son parrain.

POULE QUI CHANTE LE JAU

ORBAN

Nout'monsieu, il y a une de nos
poules qui *chante le jau.*

MOI

Qu'est-ce que tu veux dire ?

ORBAN

Eh ben ! nout'monsieu, alle chante
comme un jau (un coq).

MOI

Voyons, ou oyons cela. — Je sors
alors, et je trouve dans la cour une

poule qui s'efforçait, et qui venait passablement à bout d'imiter le chant du coq.

MOI

Tu as raison, elle chante le jau ; — c'est un phénomène assez singulier.

ORBAN

Eh ben ! nout'monsieu, faut-y la tuer ?

MOI

Pourquoi la tuer ?

ORBAN

Mais, nout'monsieu, vous savez ben qu'une poule qui chante le jau porte malheur à la maison. Partout dans les domaines, aussitôt qu'on en entend, on les attrape et on leur tord le cou.

MOI

J'ignorais tout cela. Tu en parleras à Louise (notre domestique), elle en fera à sa tête.

EFFETS D'UN CHARME

GERMAIN ROCHAT, *meunier*

Hier, je revenais de La Châtre; il n'y avait sur ma voiture qu'un sac de froment. Mon *chevau* (cheval) qui avait bravement sorti du chemin si mauvais d'en face chez la Pajotte, s'arrêta tout d'un coup en place pareille, sans que je pusse le faire avancer ni reculer.

ORBAN

C'est que ton chevau est *réti* (rétif).

TIENNET

Oh ouais ! C'est qu'il y a du monde qui ont plus de savoir faire que d'autres et qui ont le secret de faire *bourdir* (1) les meilleures bêtes dans les meilleurs chemins. Si jamais chose semblable t'arrive, j'vas t'enseigner le moyen de défaire le charme. Tu n'auras qu'à mettre *l'usse* (2) de la roue

(1) Bourdir : s'arrêter et ne pouvoir plus avancer ni reculer.
(2) Clavettes que l'on place aux deux extrémités de l'essieu.

gauche de ta voiture à la place de
l'usse de la roue droite et celle de
droite à la place de la gauche. Tu
verras qu'après cela tout marchera
bien.

．．

Un curé des environs de La Châtre
faisait un jour le catéchisme. Après
avoir entretenu son jeune auditoire
de la création du monde et lui avoir
détaillé l'immensité de l'œuvre que
Dieu avait accomplie, il en vint à poser
la question suivante à l'un de ses
petits catéchumènes :

— Pourquoi le bon Dieu se reposa-
t-il le septième jour ?

— Parce qu'il était *bourdi,* répondit l'enfant.

LE FOLLET

Ce matin, je médicamentais, avec
Bonnin, mon nouveau domestique, ma
pauvre jument qui perd la vue d'une

goutte sereine. Bonnin, qui est bien le
plus naïf garçon que la terre de Berry
ait jamais porté, s'écria en la sortant
de l'écurie, et les yeux admirativement
fixés sur la crinière de l'animal :

— Ah ! le Follet l'a pansée cette
nuit, nout'monsieu !

— Bah, repris-je, avec un étonnement simulé.

— Voyez, voyez, comme il *l'a bou-*
clée, continua-t-il d'un air triomphant,
aussi j'*m'imaginais* (m'étonnais) de
l'avoir trouvée, ce matin, détachée dans
son écurie.

— Tu as raison, répliquai-je d'un
air convaincu.

C'est fort *rale* (rare), poursuivit-il
sentencieusement, qu'les bêtes que le
l'follet panse aillent en *z'eux zempirant*
(aillent de mal en pis).

— S'il pouvait lui guérir les yeux ?

— Ma *foué* ! dit-il, avec un accent

qui annonçait de l'espoir, j'n'en dirais
trop...

Si l'on veut éloigner le Follet, on
n'a qu'à renverser dans le lieu qu'il
hante de la graine de mil et de la graine de rave bien mélangées ensemble.
Le Follet essaiera d'abord de les trier,
mais bientôt l'impatience le prendra et
il videra les lieux.

L'HERBE DU PIC

PROTON

— Le champis dit que quelqu'un qui
connaîtrait *l'herbe du Pic* (pic vert) et
qui s'en frotterait les membres, ne
trouverait jamais la fin de ses forces.

MOI

Cela peut être. Mais qu'est-ce
que tu appelles l'herbe du pic ?

PROTON

— C'est une sorte d'herbe qui, en
toute saison, à toute heure de la journée, est couverte de rosée, à laquelle

le pic frotte de temps en temps son bec
et qui lui donne la force de percer jusqu'au cœur les arbres les plus gros et
les plus durs.

« Attendu que Démocritus écrit,
Théophraste l'ha creu et esprouvé estre
une herbe par le seul attouchement
de laquelle un coing de fer profundé-
ment et par grande violence enfoncé
dedans quelque gros et dur boys, subitement sort dehors. (Voyez Pline
Livre xxv, chap, ii). De laquelle usent
les Picz mars, vous les nommez Pivars
(Picus martius), quand de quelque puissant coing de fer l'on estouppe le trou
de leurs nidz, lesquelz ils ont accoustu-
mé industrieusement faire et cauer
(creuser) dedans le tronc des fortes arbres!!!! (Voyez Pline livre x, chap xviii) »
(Rabelais, page 443, chap. xxxi, livre iv).

On voit par ce passage de Rabelais
que la légende de *l'herbe du pic* est
évidemment transmise de génération

en génération, depuis les Romains jusqu'aux ménageots de Cosnay. C'est encore là une preuve du séjour des Romains dans notre contrée.

LA POMME

La mère Marie avait dans sa chenevière, un jeune pommier qui, pour la première fois, avait produit une pomme unique. Elle eut l'imprudence de la manger. C'est ce qui fit qu'elle n'a jamais pu avoir qu'un enfant, encore est-il mort. Les pommes ont toujours porté malheur aux femmes.

LES SERPENTS

Un chien qui attaque un serpent et qui en est mordu, n'en est pas malade s'il donne la dernière *happée* ou morsure. De même une personne qui serait mordue par un aspic, n'aurait rien à craindre de cette morsure si, prenant hardiment le serpent par les deux bouts, elle le mordait la dernière.

LE LOUP.

Il passe pour certain que si le loup qui survient pour enlever un mouton, voit la bergère avant d'en être vu, à l'instant même, celle-ci devient *rauche* (enrouée) au point de ne pouvoir crier. Alors, il ne lui reste qu'une ressource, — mais cette ressource est infaillible, — c'est de se décoiffer et de courir sus au loup, les cheveux épars ; elle est sûre en agissant ainsi, de le mettre en fuite. Si, au contraire, le loup est aperçu le premier, il perd tout pouvoir sur la bergère et le troupeau.

LA FÊTE DES RATS

Il est une fête que je crois particulière à notre village, c'est la *fête des Rats*. Elle se chôme le 17 mars.

Bonnin, mon métayer, me disait l'autre jour : — « Nout'maîte, il y a deux ans j'chômis pas la fête aux rats et ma paille se trouva toute *mascandèe* (mise en morceaux) dans les granges. Cette année et l'an passé, j'ai chômé et je m'en suis bien trouvé : ma paille était fraîche comme à la sortie du champ, les rats n'y avaient pas touché.»

Au reste il n'y a pas de fête mieux observée que celle-là, chez Bonnin. Il ne souffre même pas que ses filles tricotent ce jour-là —

LES RUCHES EN DEUIL

Dans nos campagnes, lorsqu'il meurt quelqu'un, on attache aussitôt un morceau d'étoffe noire, en signe de deuil, aux ruches qui dépendent de la maison.

Il est aussi d'usage de placer en tout temps dans le rucher, un *borghon* (ruche) vide, afin que l'on ne puisse savoir au juste le nombre des paniers d'abeilles. Cela tient à ce que nos paysans ont pour habitude de cacher le nombre précis de leurs bestiaux. Car ils pensent qu'en accuser exactement

le nombre, c'est s'exposer à le voir
diminuer prochainement. Ainsi, si vous
demandez à une bergère, combien elle
a de moutons, et qu'elle en ait je sup-
pose 98 ou 104, elle vous répondra
toujours : — « J'en ai bien près d'un
cent, ou un peu plus d'un cent. »
Et jamais : — « J'en ai 98 ou 104! »

FUNÉRAILLES AU VILLAGE

Lorsque l'on conduit un mort au
cimetière sur une voiture, on ôte les
élardes (1) de leur place et on les couche à côté de la bière. Lorsque le corps
est déposé, on en remet deux seulement à leur place, l'une en avant et
l'autre en arrière.

Cette précaution est prise à seule fin
d'empêcher l'âme du défunt de *ressuve*
ou de suivre la voiture à son retour et

de revenir au logis.

(1) Quatre pièces de bois mobiles qu'on place
verticalement de chaque côté d'une charrette.

Pour peu que la demeure du mort soit éloignée de la paroisse, on place le corps sur une voiture à bœufs pour l'y conduire. Plus l'attelage est nombreux, plus l'honneur que l'on rend au défunt est considérable. Il n'était pas rare anciennement de voir quatre et même six paires de bœufs attelées au char funèbre d'un maître de domaine.

Pendant la marche du convoi, on guide ces animaux avec douceur, sans leur adresser la parole et surtout sans leur faire sentir l'aiguillon. S'ils viennent à s'arrêter d'eux-mêmes, cela indique que le mort a besoin d'une prière. Alors tout le monde s'agenouille et prie, jusqu'à ce qu'il plaise aux bœufs de se remettre en marche, ce qui annonce que le mort est soulagé.

LES BONNES DAMES

C'est aujourd'hui le 25 mars, fête de

l'Annonciation. C'est un des jours con-
sacrés à la *Bonne Dame* et que l'on ne
manque pas de chômer dans nos campagnes. Il y a *cinq Bonnes Dames* dans
l'année et toutes, dans l'esprit de nos
bons villageois, constituent autant de
personnalités et de divinités différentes : l'*Annonciation*, le 25 mars ; la
Visitation, le 2 juillet ; la *Nativité,* le
8 septembre ; la *Présentation*, le 21
novembre ; la *Conception*, le 8 décembre.

Parmi ces cinq fêtes, deux surtout
sont célèbres dans nos environs :

1° la Bonne Dame de septembre, ou
simplement *La Septembre,* parce qu'elle
ouvre l'une des plus anciennes et des
plus fortes foires du Berry, (la foire de
La Berthenoux).

2° La Bonne Dame de mars, qui est
connue à Cosnay et ailleurs sous le nom
de *Bonne Dame de chasse-mars,* parce
que, dit-on, elle *chasse la bergère des
prés, et la bonne vieille du coin du feu.*

En cette année de grâce 1837, la vierge serait bien cruelle si elle sortait du logis les bonnes vieilles, car aujourd'hui 25 mars, la neige est sur le toit. Quant aux bergères, il n'y a pas à craindre qu'elles fassent tondre par leurs moutons la primeur de nos prés.

C'est à cette époque que se tiennent, dans nos environs, les foires qui portent, encore aujourd'hui, le nom de foires *aux vieilles*. Or, voici quelle est l'origine de cette dénomination. Au temps où la vieillesse tenait dans les familles le sceptre domestique, les mères grand's, rajeunies par la venue de la *Bonne-Dame de chasse-mars*, sortaient de leur torpeur hivernale, secouaient la cendre de l'âtre et se rendaient en grand nombre à ces foires printanières, pour y faire une foule de petites emplettes de ménage

LE VENDREDI BLANC

On donne le nom de *Vendredi blanc* au vendredi qui se trouve neuf jours avant Pâques. C'est une fête toute pastorale et qui intéresse particulièrement les bergères de nos pays. Ce jour-là, elles jeûnent, et se rendent par troupes nombreuses à la ville pour assister à la messe. Chacune d'elles y porte un petit faisceau de bâtons *blancs*, ou de baguettes de coudrier, dont l'écorce a été enlevée, et qui, parfois, ont été *guisées*, c'est-à-dire enjolivées de bizarres et capricieuses sculptures par les amoureux. Ces baguettes, formées d'un seul jet, et coupées à certains jours de la lune, doivent durant le cours de l'année servir de *touches* pour *toucher* (conduire) et compter les brebis.

Les baguettes du vendredi blanc sont toujours, dans chaque faisceau, de longueur inégale et en nombre im-

pair. Une fois consacrées, on les sus-
pend au plancher des bergeries, où la
bergère vient les prendre une à une, au
fur et à mesure de ses besoins.

LES GRUES

Le 1ᵉʳ mai 1837, j'entends crier dans
les nuées les premières grues. Rien ne
me porte plus à la rêverie que la vue
de ces caravanes aériennes.

Le lendemain, trois grues arrivèrent
en criant au-dessus du château, elles y
planèrent assez longtemps, en décri-
vant de larges circonférences et en
s'élevant toujours :

— « *C'est signe de bonheur* » — dit
Louise notre chambrière.

En effet :

1° Ma femme, en ce moment, entre-
prenait et menait à bien le premier
voyage qu'on eût fait de l'année, en
cabriolet, de Cosnay à la ville (1). Evé-

(1) Une partie du trajet était impraticable
l'hiver.

nement, vraiment fortuné pour nous,
et que l'on ne peut comparer qu'au mi-
racle de Moïse frayant, d'un geste, un
passage aux Israélites, à travers les
flots de la Mer-Rouge.

2° Mme R. nous arrivait quelque
temps après de St-Chartier. Cette venue
est toujours une fête pour ses enfants,
grands et petits.

3° Notre petite vache nous donne une
jolie *taure* dans la journée.

4° Je ne grondai ni Amédée ni Claire
ce jour-là.

Après cela, osez ne pas croire aux
pronostics.

* *
*

Les petits enfants de nos campagnes
ont l'habitude de crier à ces oiseaux,
(les grues), lorsqu'ils les voient traverser les airs : — « *En rang, en rang,
les belles ! —*ou bien, *tribouillez-vous,
gribouillez-vous !* »

Ils prétendent que le premier cri suffit pour les remettre en ordre lorsqu'elles ont rompu leurs rangs, et que le second, au contraire, porte la confusion dans les lignes de leurs triangles.

Chapitre V

Echos du Village

NAIVETÉS VILLAGEOISES

Champagnat faisait conduire à l'église de Lacs, la Jeannette, sa pauvre
femme qui était morte. Comme il n'a-
vait pas pris le même chemin que le
cortège de la défunte, il rencontra sur
sa route la mère Pédarde et se mit à
causer, lui contant ce qu'il pourrait lui
en coûter pour la maladie de sa femme,
et mille autres choses ; si bien qu'il ne
songeait déjà plus à la cérémonie qui
l'attendait. A la fin pourtant, se ravi-
sant, il se prit à dire : — « Il faut bèn
que je m'en aille, tenez, la Jeannette est
bèn *aoupert* (probablement) conduite. »

* *

Morand de Cosnay battait sa femme,
et sa femme criait, et criait plus fort

4

que de coutume, ce qui attira un de leurs voisins. Le quidam en entrant trouva la pauvre femme à la renverse et sans mouvement. Il crut devoir faire quelques observations au mari. Morand sans se déconcerter et tout en cherchant à remettre sur pied sa victime, marmotta entre ses dents : « c'est une chouse *émaginante* (surprenante) allez tout d'même, j'l'ai si pourtant pas battue plus fort que d'coutume ! »

* *

Le père Bonnin mon métayer disait un jour à la grosse Catherine sa domestique d'humeur fort érotique :

— Comment grousse *sordaire* (dégoûtante) tu t'amendras pas, t'aras toujours des galants ?

— Mon Dieu, monsieu ! reprit-elle : que voulez-vous donc que j'fasse de ça ? l'bon Dieu m'la pas baillé pour mesurer de l'avoine.

LA MÈRE FROMENTEAU

Nous allions nous promener, l'autre jour, à la brune, du côté de la *Croix Moquet*. En passant devant la maison du père Fromenteau, nous trouvâmes la vieille mère, doyenne d'âge du village, assise à sa porte, en cornette étriquée et humant l'air du soir, seule bonne chose, avec les rayons printaniers du soleil, que ces pauvres gens n'aient pas à envier aux heureux de ce monde.

Après le salut d'usage rendu par la mère Fromenteau avec cette politesse du vieux temps, remarquable même chez les anciens de nos campagnes :

— Monsieu, me dit-elle, vous r'venez de St-Chartier, et la p'tite Nane, nout' drôlesse (petite fille espiègle), en est-on content, là-bas, à la métairie de la Porte ?

— Comme ça, mère, il paraît qu'elle se trouve trop grande pour garder les cochons.

— Voyez-vous dà ! — dit la grand'-mère indignée, — une morvasse de seize ans !... Qu'y m'l'envige, qu'y m'l'envige (1), avec un bon *vnas* (gourdin) j'lui f'rai ben passer sa *glouère* (gloriole). Tant qu'y en a qu'zeux sont mariées (2) d'mon temps, en gardant les cochons... Allez, allez, mon cher monsieu, y *s'atfirait* (il s'éléverait) la salop'rie du malheur aujourd'hui sur terre !

SINGULIERS QUIPROQUOS

Orban, mon domestique, est un garçon qui estropie les mots on ne peut plus plaisamment. Il appelle les primevères des *plumes vartes*, dit *gros culs* pour crocus et *sitôt morts* au lieu de sycomores. Comme j'ai planté de ces derniers arbres dans nos *chottes* (3) et qu'ils y sont bientôt morts, c'est peut-être là ce qui lui fait ainsi altérer ce nom.

(1) Qu'ils me l'envoient.
(2) Qui se sont mariées.
(3) Terrain calcaire de mince épaisseur.

L'été dernier, la sœur d'Orban, qui
était aussi servante à la maison, revenait un dimanche du village. Comme
j'entendais depuis longtemps les sons
de la musette, je lui demandai si elle
venait de la danse.

— Oh ! non, nout' monsieur, dit-
elle, c'est ceux mâles qui s'amusont en
attendant les fumelles. (4)

— Ils dansent donc entre eux ?

— Ah ! j'sais pas, reprit-elle, si c'est
en *treux* (5) ou en cochons qu'ils dansent, mais n'y a terjous pas d'fumelles
avec z'eux (1).

**

Il est à remarquer que nos paysans
s'ingénient toujours à donner un sens
aux mots qu'ils ne comprennent pas,
et à trouver aux termes qui leur sont

(4) Nos paysans disent toujours mâles pour
hommes et fumelles pour femmes.
(5) La treue, les treux, on appelle ainsi la
truie, la femelle du cochon.
(1) Toujours pas de femmes avec eux.

le plus étrangers une signification
quelconque. Le moindre apprenti de
nos pharmaciens sait très bien qu'il
entre dans leurs habitudes d'appeler
les mouches cantharides, mouches
catholiques ; l'huile de ricin, huile
d'hérisson ; la petite centaurée, herbe
sainte Honorée.

LES JURISTES

On appelle *Juriste* à Cosnay, la personne qui a l'habitude de jurer.

« Les anciens, me disait un jour feu
le bon vieux père Moreau qui fut
vigneron de mon père et le mien, les
anciens n'étaient pas aussi *Juristes*
que la jeunesse d'àprésent. On entend
aujourd'hui, ajoutait-il, des *caniaux*
(petits chiens) qui sortent de *bourasse*
(maillot) à peine, donner des jurons
capables de faire pleurer la sainte
Vierge. »

Voici quelques uns des jurons qui

ont l'habitude de scandaliser les échos de nos environs : *Diable me dépette. — Diable m'estrangouille. — Diable me braque. — Le tonnerre de Dieu me flamme. — Je veux que cette bouchée de pain me serve de poison. — Le Diable me brûle, me tortille le cou, m'arrache les trippes, me confonde, m'assassine, m'effondre, me tortille les trippes, me crève, m'étrippe.*

LA FIN DU MONDE

Le 24 janvier 1838, vent extraordinaire après une journée où le thermomètre s'est élevé à 12 degrés au-dessus de zéro.

Le 28 janvier, vent plus extraordinaire encore, accompagné d'un temps affreux. Ce soir-là les gens du village, rassemblés pour la veillée dans la bergerie de Bonnin, mon métayer, crurent la fin du monde, dont on parlait partout en ce temps-là, arrivée. Pendant une des plus fortes rafales, ils se jetèrent tous à genoux, en poussant des hauts cris et en invoquant la miséricorde divine.

Chapitre VI

Choses et Autres

PENSÉE DE LABRUYÈRE

Il faut en France beaucoup de fermeté, et une grande étendue d'esprit pour se passer des charges et des emplois, et consentir ainsi à demeurer chez soi, et à ne rien faire. Personne presque n'a assez de mérite pour jouer ce rôle avec dignité, ni assez de fonds pour remplir le vide du temps, sans ce que le vulgaire appelle des affaires. Il ne manque cependant à l'oisiveté du sage qu'un meilleur nom; et que méditer, parler, lire, et être tranquille s'appelât travailler.

UNE DEVISE

Au mois de juillet 1835, on me demandait, à la ville, une devise pour

un transparent qui devait figurer dans
les illuminations de l'anniversaire des
trois journées, je proposai la suivante :

O France, souviens-toi
Que pour sauver tes destinées
Et renverser un roi
Il ne te faut que trois journées !

On n'en voulut pas.

LES MARCHANDS DE BŒUFS ET LES GENS DE LETTRES

Cormenin, le pamphlétaire, n'écrit
plus dans aucun recueil, parce qu'il
met sa collaboration à un trop haut prix.

George Sand préfère écrire dans la
Revue des Deux Mondes, plutôt que
dans le *National,* parce que ce journal
ne peut lui payer ses articles assez cher.

Ces deux écrivains sont riches, surtout Cormenin.

Les propriétaires de Briantes ont
toujours les plus beaux bœufs aux
marchés de Sceaux et de Poissy. C'est

un point d'honneur qui les ruine, tout le monde le sait et eux encore mieux.

Lesquels comprennent le mieux la gloire, des marchands de bœufs ou des gens de lettres ?

DES RIENS

Je vous paierai *comptant* ce qui vous donnera sujet de l'être.

**
* **

C'est *là qu'est* son bien propre.
Ces laquais sont bien propres.

**
* **

Les mauvais temps qui ont régné en 1838 pendant toute la belle saison à Paris, (aussi bien que chez nous) ont fait dire à un plaisant que, cette année, *l'hiver était venu passer* l'été à Paris.

PROPOS VILLAGEOIS

Est-ce vrai, nout'monsieu, me disait dernièrement Chartot, mon charron, que le préfet de Bourges s'appelle, en *parlant par respect*, Cochon ?...

* *

La vieille mère Bonnine, qui était ce matin à la maison, nous parlait des prisonniers Autrichiens qu'elle avait vus, dans le temps à La Châtre, et les nommait bonnement et sans malice : *Etrond'chiens*.

BÊTISE ET NAIVETÉ

Mme Doucerin, la mère, rencontrant toujours le mot *préface* en tête de tous les livres qui lui tombaient sous la main, avait coutume de dire : « que M. Préface était l'auteur de France qui avait le plus écrit. »

* *

Lorsque j'habitais la ville, je partais un jour pour aller à Châteauroux. M. Del... devait me donner une lettre pour une personne qu'il y connaissait, et je dis à Marie, notre domestique :

— Tu vas aller chez M. Del., tu lui

demanderas si sa lettre est écrite et tu me l'apporteras.

— Et si sa lettre n'est pas écrite, faudra-t-il l'apporter tout de même ?

Je lui répondis non, sans rire, car je n'aime pas à humilier les ignorants de cette espèce.

LA FILLEULE DE M. CALAS

M. Calas, maire de St-Août, est un homme qui ne manque pas d'intelligence. Infatigable conteur, il a, comme M. Jovial, non pas un couplet, mais une anecdote applicable à tout ce que vous pouvez dire. C'est un moyen fort adroit de s'emparer de la conversation qui n'est pas à la disposition de tous les bavards.

Le 3 octobre 1838, on baptisait à La Châtre un enfant de M. A. ; M. Calas était parrain.

— Il y a trente-sept ans que je fus parrain pour la première fois, disait-il;

ma filleule n'a jamais quitté St-Août,
elle me réveille presque tous les matins,
et, chose étrange ! je ne l'ai pas revue
une seule fois depuis son baptême.

— Sa filleule était une cloche. —

L'ONCLE DE Mme LA FARGE

Le lundi 14 décembre, dîner chez
M. A. — M. Dugontier, receveur particulier et oncle de Mme La Farge, s'y
trouve. Il apprend, le soir, en faisant
sa partie de bête-ombrée, le rejet du
pourvoi de sa nièce. Il n'en est pas
moins tout à son jeu, et n'en termine
pas moins sa soirée par une danse,
accompagnée de hurlements et de
mille autres singeries, avec une levrette
fort gentille, fort intelligente, et qui
me paraît lui être sous beaucoup de
rapports infiniment supérieure, surtout en sensibilité.

Chapitre VII

Jean Lan-ya

Un de mes voisins s'appelle *Lan-ya*. Son fils, qui a appris à lire et à écrire, voudrait pouvoir signer son nom, mais il ne sait comment l'orthographier. En effet, comment rendre la prononciation des syllabes *Lan-ya*, en les écrivant en un seul mot. Il a appelé à son secours, en ce cas difficile, d'abord son maire, ensuite son percepteur et puis son curé. Le premier lui a montré le registre de l'état civil où se trouve constatée la naissance de Jean *Lania*.

— Je me nomme *Lan-ya* et non *Lania*, a repris maître Jean.

— Je le sais bien, a dit le maire embarrassé. — Faites-moi connaître l'orthographe de votre nom et nous

obtiendrons, si vous y tenez, une rec-
tification.

Le percepteur avait inscrit sur ses
rôles : Jean *Lanilla*, et comme il se
piquait de littérature, il soutenait à
Jean que le nom de *Lan-ya* ne pouvait
s'écrire autrement.

— Que diable ! mon cher, comment
écrivez-vous donc la troisième personne
singulière du prétérit défini du verbe
piller ? Il *pilla*, j'espère, ajouta-t-il,
en brandissant d'impatience la plume
dont il venait de tracer ce mot.

Maître Jean, qui n'est pas un sot,
avait la conviction que le percepteur
se trompait, mais comme il ne se sen-
tait pas de force à le lui démontrer, il
prit le parti sage de se taire et s'ache-
mina vers le presbytère en murmu-
rant entre ses dents :

— Non, non, *Lanilla* ne fait pas
plus *Lan-ya* que *Lania*.

— Mon ami, lui dit le curé qui est

un vieillard instruit et sans prétentions, je t'ai donné sur mes registres
le nom de *Lanya*. Ce mot ne rend pas
la prononciation de ton nom, je le
sais ; il est impossible de l'orthographier exactement. Que veux-tu ? Il
faut en prendre ton parti. C'est la
faute de notre langue. Cela ne peut
pas avoir pour toi de grands inconvé-
nients. Si tu étais un savant illustre,
alors tu pourrais peut-être t'affliger de
ce que ton vrai nom ne serait jamais
connu de la postérité, mais tu dois
avoir d'autres préoccupations. Tu es
sage et sensé et tu te souviendras que
l'impossibilité d'écrire ton nom n'em-
pêchera pas Dieu de te tenir compte de
tout ce que tu feras de bien en ce
monde.

Il y a un an que le bon curé lui parlait ainsi, et le pauvre Jean n'en est
pas moins toujours fort désolé de ne
pouvoir signer son nom.

Chapitre VIII

Les bécasses de M. Duplan

Le père Duplan, qui laissera dans nos pays une réputation de niaiserie narquoise fort remarquable, et dont on citera longtemps les naïvetés, faits, gestes et bons mots, fut prévenu, ces jours passés, que George Sand et ses gais compagnons iraient prochainement le visiter, et lui feraient l'amitié de rire à ses dépens en mangeant son dîner.

La première partie de cet avertissement ne fut sans doute pas mentionnée, mais le vieux renard interpréta certainement ainsi la seconde.

Au jour indiqué, la bande joyeuse ne fit pas défaut ; mais comme elle connaissait la vie frugale de son amphytrion, elle avait eu la précaution de se faire précéder par une grasse paire de bécasses, qui devait lui servir d'en-cas, au moment du dîner.

Après quelques bordées de plaisanteries, plus ou moins piquantes, sur la veste de bure, la culotte courte et la longue queue du vieux Duplan, qui reçut le tout avec son flegme ordinaire, et en homme habitué à faire le sac de laine aux coups qu'on lui porte, on se mit à table.

Les deux bécasses indispensables figuraient comme plat du milieu ; à gauche, des noix ; à droite, des pruneaux secs et aux deux extrémités, deux énormes brocs ventrus, dits *capucins*, gorgés d'un petit vin de pays quelque peu tourné ; tel était le détail du festin qu'eut bientôt apprécié l'œil inquiet des convives. L'exigence de leur appétit était telle, que nul d'entre eux n'eût le courage de plaisanter sur l'exiguité de ce menu.

— *Ze* vous traite en amis..., sans façon ! — ne cessait de répéter le vieux Duplan, avec l'accent enfantin qui lui est particulier.

— Nous le voyons bien ! — dit sèchement Dutilleul, son gendre, en tirant à lui les deux bécasses pour les dépecer.

Mais, qui peindra la stupeur de l'assistance, lorsque l'écuyer tranchant retira la lame ensanglantée du flanc de la volatile tant convoitée, en s'écriant avec désespoir : « *elles ne sont pas cuites !* »

Un *groan* des plus prononcés, un *groan* vraiment britannique accueillit cette navrante découverte !

Cependant, si parmi tous ces affamés il s'en fût trouvé un que n'eussent point absorbé les poignantes angoisses d'un estomac aux abois, il eût pu remarquer qu'au moment où Dutilleul proclamait la commune catastrophe, un rapide éclair de satisfaction

satanique avait éclairé la placide figure
du paterne Duplan.

— « C'est *fâceux !*... c'est *fâceux !*»
se prit à dire l'hypocrite vieillard. —
« On pourrait peut-être les remettre à
la *brosse ?* »... Mais, il n'y avait pas
une étincelle dans l'âtre, et puis, le
soleil touchait presque l'horizon ; il
fallut bien songer à la retraite.

Les lazzi du départ n'eurent pas la
verve de ceux de l'arrivée ; semblables
aux soldats anglais qui se battent
mollement lorsqu'ils sont à jeun, nos
malheureux convives n'avaient pas
même la force de lancer jusqu'au but
leurs traits mal acérés.

Le lendemain matin, le vieux Duplan
déjeunait, selon son habitude, sur le
seuil de sa porte ; il avait sous le
pouce un succulent quartier de bécasse,
et disait, tout en se dandinant, à l'un
de ses voisins :

— A bon *sat* bon rat, *ze* les ai *tou-
zours* bien attrapés.

Chapitre IX

Un retour d'élections en 1837

Comme je suis l'un des plus chargés d'impôts de la commune de Lacs, j'ai le droit de concourir à la nomination du député de notre arrondissement, et je viens à l'instant de m'acquitter de cette besogne.

Dans un temps de corruption et d'égoïsme comme celui où nous vivons, c'est une rude corvée que l'accomplissement de ce devoir. Quant à moi, pauvre campagnard, qui sens parfaitement où le bât me blesse, qui suis témoin, tous les jours, de la misère qui ronge nos cultivateurs, et qui voudrais voir, chaque année, circonscrire les dommages que fait au pays ce chancre qu'on appelle l'*impôt*, j'arrivais dans la lice avec des intentions

autrement pures que celles du parti
qui l'a emporté.

De combien de bassesses, d'inepties,
de lâchetés et d'infamies, n'ai-je pas
été témoin pendant ces deux jours de
lutte. Il fallait bien que la victoire fut
entachée d'ignominie, car tous les
triomphateurs ne levaient pas la tête
après le combat ! Si les vaincus, parmi
lesquels on comptait les *, les *, les *,
etc., avaient à rougir, ce n'aurait été
que de s'être momentanément trouvés
en contact avec certaines notabilités du
parti vainqueur.

Le soir de la deuxième journée, je
regagnais soucieusement mon village,
(car j'ai la bonhomie, à mon âge, de
prendre encore toutes ces choses au
sérieux), lorsque je rencontrai, près du
gué de Cosnay, le père Bonnin, mon
métayer, qui revenait du *Pré-neu* où
il avait été voir si ses pommes de terre
étaient bonnes à arracher.

— Bonsoir, not'monsieu, — me dit-
il, d'un ton calme et affectueux qui me
rafraîchit.

— Bonsoir, Bonnin.

— Vous r'venez donc d'la ville ?

— Oui, des élections.

— Ah ! — fit-il, de l'air d'un
homme qui ne sait pas ce qu'on veut
lui dire. Et puis, nous nous mîmes à
défiler, en silence, l'un après l'autre,
sur le pont ; lui, s'ingéniant sans doute
à chercher ce que ce pouvait être que
des élections ; et moi, presque réduit
à envier la paisible ignorance de cet
homme.

— Tenez, s'écria tout à coup Bonnin,
voilà, là-haut sur le *Paraquin*, Amédée
et sa sœur qui viennent au-devant de
vous.

Un instant après, mes deux petits
étaient dans mes bras et nous entrions
ensemble dans le jardin. Leurs caresses, la vue de mon petit enclos, l'ac-

cueil cordial de tous les miens, dissipè-
rent peu à peu mes soucis politiques et
je ne pus m'empêcher de m'écrier en
me laissant tomber sur le banc qui
avoisine ma porte :

« O petit Julien, ô Fromenteau, ô
père Champy, ô Laboureux-fin, ô vous
tous ménageots de Cosnay ! Vous êtes
des anges en comparaison de la plupart
des bipèdes avec lesquels j'ai lutté
pendant ces deux jours. Je sais bien
que vous êtes à peu près tous un peu
fripons ; je sais bien que vous visitez
quelquefois, la nuit, le fagotier de votre
voisin ; que vous me tondez par ci,
par là, quelque maigre *têtau* et m'en-
levez l'épine sèche de mes clôtures.
Mais, je sais aussi, pauvres nécessi-
teux, que vous avez d'ordinaire l'estomac chichement garni et qu'en cet état
il est dur d'avoir à subir les visites de
décembre et de ses deux puinés. Aussi
vous pardonnè-je, in petto, bien sin-
cèrement, quoique je néglige de vous
le dire. »

CHAPITRE X

George Sand

(page intime)

Lors des noces de Maria P., en février 1837, Mme A., sa tante, donna une fort jolie soirée. Ce qu'il y avait de mieux parmi les jeunes gens et les jeunes demoiselles de la ville s'y rendit. Mme George Sand, qui alors se trouvait à La Châtre, eut la fantaisie d'y assister, quoique non invitée. Elle entra simplement et sans bruit dans la salle du bal, prit bonnement sa place parmi les honnêtes mamans que sa présence inattendue effarouchait un peu, et se livra comme elles au plaisir de voir danser l'assistance.

Vous raconter combien de vulgaires vanités, lâchement calomniatrices à son égard, cherchèrent à en être distinguées,

me serait impossible. Je vous dirai
seulement que ce fut aux enfants qu'elle
donna la plus grande part de son attention. Semblable à tous les êtres supérieurs, cette femme se plaisait à attirer
à elle les âmes candides et confiantes.

Vous étiez alors les plus petits enfants de la famille, et Maria, que son
charmant et gai caractère vous avait
toujours fait distinguer, avait voulu
que vous fussiez de la fête ; il fallut
bien vous y conduire et voilà ce qui
vous arriva : Claire, toute petite encore,
toujours rieuse et bien accueillie de
tout le monde, allait pendant l'intervalle
des danses, se faufilant parmi les grandes demoiselles, et mêlant les roses de
son joli teint aux roses qui paraient les
robes des danseuses ; elle vint à passer devant George Sand et se prit naïvement à contempler cette belle figure.
George Sand la vit et la prenant par
la main, elle l'attira à elle :

— Qui es-tu, ma petite, si fraîche et si mignonne ?

— Je suis Claire, répondit l'enfant.

— Ton papa comment s'appelle-t-il ?

— M. L...

— Ah ! Ah ! Je suis presque en connaissance avec toi.

Alors elle examina l'enfant avec plus de complaisance, et roulant jusque par delà le coude l'une des manches de la petite fille, elle mit à nu son bras blanc et potelé, puis y appliquant longtemps ses lèvres de mère : —« Tu es un ange aussi appétissant que ma grosse Solange, lui dit-elle.... N'as-tu pas un frère ? »

— Oui, madame, et le voilà, répondit Claire en lui montrant derrière elle Amédée qui les contemplait toutes les deux en silence. Amédée alors s'avança et George Sand le baisant au front :— « Tu seras un grave philosophe, toi, comme ton père », dit-elle.

Et votre mère, mes amis, était non
loin de là, témoin ignoré de cette scène.
Elle contemplait avec respect ces nobles et tendres caresses prodiguées par
une telle femme à ses chers enfants.
« Oh ! dit-elle, secrètement en son cœur,
comment une âme aussi bienveillante
a-t-elle pu être autant calomniée ?... »

CHAPITRE XI

Un Scrutin champêtre

La commune de Lacs, dont Cosnay
fait partie, compte 390 habitants et
paye 6,000 francs d'impôts. Son conseil, depuis trois ans, était composé
de dix magistrats dont cinq devaient
être soumis à une nouvelle élection.

Or, depuis longtemps nous nous disions à Cosnay, en voyant le délabre-
ment de notre pont et les ornières sans
fond de nos chemins : « Quand vien-
dront les élections, il ne faudra pas
que les gens de Lacs les fassent sans
nous, comme cela est arrivé jusqu'à
présent. Notre village compte pour
plus d'un quart dans la population de
la commune, il est juste que nous
soyons représentés dans le conseil. »

Lors donc que le grand jour de nos
élections fut arrêté, je passai chez

Aulard, le percepteur, et lui dis :

— Combien faut-il payer d'impôts pour être électeur municipal à Lacs ?

— Onze francs trente-cinq centimes.

— Combien compte-t-on d'électeurs dans la commune ?

— Une cinquantaine.

— A merveille, Cosnay va prendre enfin sa revanche !

— Que voulez-vous dire ?

— Voilà : Je présume que les gens de Lacs pensent assister seuls, comme à l'ordinaire, aux élections prochaines ; or, comme on ne peut pas espérer réunir, le jour des opérations, plus de la moitié des électeurs, je suis certain de recruter, tant à Cosnay qu'aux environs, une quinzaine de votants qui suffiront pour introduire dans le conseil cinq membres dévoués à notre localité.

— Dans tous les cas, comptez-moi au nombre des vôtres, me dit Aulard qui fait partie du collège de Lacs.

Je retourne plein d'espoir à mon village et me transporte à l'instant même chez tous les censitaires mes voisins. Je réchauffe de mon mieux leur zèle, en leur peignant, sous les plus sombres couleurs, l'isolement, l'abandon, le dénuement où nous laissent depuis des siècles nos tyrans de Lacs.

A celui-ci je rappelle que, l'été dernier, la charrette qui lui amenait un cent de fagots avait *bourdi* (1) au *Tré-rouge* (2), en plein mois d'août, et que Bonnin, qui la conduisait, avait juré *son chrème* et *son baptême* qu'il ne charrierait plus de bois pour les ménageots. A celui-là je remémore que deux de ses plus belles *oüeilles* (3) s'étaient rompu les jambes dans les lézardes du pont. Avec Jean le *champis* (4) je m'a-

(1) Embourbée au point de ne pouvoir avancer ni reculer.
(2) Tré pour terrier. Très mauvais pas.
(3) Brebis.
(4) Vieux mot qui signifie le bâtard.

pitoie sur le sort de la mère Liénarde,
sa femme, que naguère un faux pas a
fait choir du haut du pont dans la rivière et qui a été forcée, depuis, de
louer une servante pour faire son pain;
la pauvre femme, dans cet accident,
s'étant *démoleté* (démis) un bras.

Avec tous, je déplore l'injustice de
ces corvées annuelles auxquelles nous
sommes condamnés pour la confection
du chemin de Lacs à La Châtre, chemin qui n'est et ne sera jamais d'aucun
usage pour les habitants de Cosnay.

Bref, le ménageot, qui d'ordinaire
reste assez froid, toutes les fois qu'il
ne s'agit pas pour lui d'avantages di-
rects et instantanés, me parut, en cette
circonstance, animé d'une noble résolution.

Au jour dit, aucun ne fit défaut. A
neuf heures, lorsque je montai sur le
paraquin, je trouvai tout mon monde
réuni devant la chapelle, devisant déjà

6

sur le choix des candidats. Tant l'homme se façonne aisément au régime électoral !

Nous partons et tout en cheminant vers le chef-lieu de la commune, nous nous entretenons, suivant l'usage, des champs, du foin, des blés à récolter et des contrariétés atmosphériques.

Arrivé à Lacs, la première personne que je rencontre est Aulard qui m'aborde en me disant :

— Diable ! Vous êtes venu de Cosnay en nombreuse compagnie. Malheureusement vous aurez du monde de reste.

— Comment cela ? D'après ce que vous m'avez dit pourtant, tous sont électeurs.

— Je me suis trompé. Je ne pensais plus que le cens électoral avait été porté dans la commune de Lacs, de 11 fr. 35 à 17 fr. 60 par suite de l'adjonction, au rôle de chaque imposé, du prix des journées passées aux chemins-vicinaux.

— Oh ! alors, plus d'espoir, la partie est perdue ! m'écriai-je avec humeur.

Je fis aussitôt le recensement de ma troupe et je fus à l'instant convaincu que, des quinze combattants que j'avais amenés, je ne pouvais plus compter que sur neuf.

— C'est égal, dis-je, à ces braves gens. il ne faut pas nous retirer sans combattre.

— Non ! non ! s'écrièrent-ils tous.

Nous convînmes donc que nos neuf voix se porteraient sur cinq d'entre nous que nous choisîmes.

Cependant le bureau, — à défaut de mairie, — se forme dans la maison de Jean Croux, adjoint. M. Daubert, maire, est président de droit ; M. Aulard, M. Bussèret, propriétaire à Lacs mais résidant à Neuvy, et le grand Jean Dudon sont scrutateurs ; l'on me choisit comme secrétaire.

Le scrutin est ouvert à dix heures et demie.

Pendant que chacun prête serment, écrit ou fait écrire son bulletin, le colloque suivant s'établit entre M. Busseret et moi.

— Vos élections sont terminées à Neuvy ?

— Oui, monsieur.

— Vous avez sans doute été nommé conseiller ?

— Sur soixante-neuf suffrages, j'en ai obtenu soixante-cinq.

— Peste ! Voilà une majorité bien flatteuse. (A part) Que diable vient-il faire ici alors ?

— Il n'est pas possible, — me dit-il, un instant après, — que Daubert conserve ses fonctions de maire de Lacs plus longtemps ; il ne possède presque plus rien dans la commune.

— Il est certain que cette place ne lui convient guère, puisqu'il réside

continuellement à La Châtre. Mais,
vous savez qu'en ce temps-ci, certaines
gens s'aident des moindres taupinières
pour se mettre en évidence.

Sur ce, M. Busseret sortit, et je le
vis bientôt après parler bas et avec
feu à plusieurs électeurs de Lacs qui
se trouvaient dans la cour.

— Quel intérêt si grand peut donc
prendre à nos élections M. Busseret ?

— Je m'adressais cette question à moi-
même ; mais, en homme habitué à vivre
seul, je me la fis si peu bas, qu'elle fut
entendue de tous les membres du bureau ; je m'en aperçus à leur sourire.
Alors M. Daubert se penchant vers
mon oreille y déposa ces mots :

— Vous ne savez donc pas que Busseret grille d'être maire de Lacs. Il
existe, ici près, un cours d'eau pour
lequel il a perdu, dans le temps, un
procès contre moi. S'il réussit, il a
l'intention de ressusciter ce débat et

d'engager la commune à soutenir ses
prétentions.

— C'est-à-dire qu'il veut être maire
pour que ses affaires soient faites par
la commune. Cela n'est pas trop mala-
droit ; mais cela n'est pas neuf. Nous
avons tant de gens qui font mieux que
cela dans le même genre ! M. Muret,(1)
par exemple, (ici mon interlocuteur fit
la grimace, car j'attaquais, non sans
intention, son idole, son veau d'or).
Voilà un homme qui traite ces sortes
d'affaires en grand ! Je ne connais,
quant à moi, que Louis-Philippe (2),
comme industriel, ou chevalier d'industrie, ce qui est tout un aujourd'hui,
qui soit de force à lui rendre des
points. Ce que je vous dis là au reste
n'est que pour vous faire apprécier la

(1) Député ministériel de La Châtre. Etait la
bête noire et la tête de Turc des républicains.
(2) Louis-Philippe connaissait, dit-on, l'aver-
sion des Castriens pour sa politique et, rail-
leusement, il appelait La Châtre « sa petite
république ».

distance qui sépare ces trois personnages. Louis-Philippe exploite un royaume, Muret un arrondissement, et Busseret n'en est encore qu'à tenter de tirer parti d'une bourgade.

En ce moment Aulard nous fit observer que la durée du scrutin était expirée. On se hâta de procéder au dépouillement. Le nombre des votants était de vingt-huit, il fallait donc à chaque candidat quinze suffrages pour être proclamé conseiller. Voilà de quelle manière ils furent répartis.

Quatre candidats, tous de Lacs, y compris M. Busseret, obtinrent chacun 15 voix. Verret Antoine venait ensuite avec 14 voix, et moi avec 12.

Tous les gens de Cosnay restaient sur le carreau avec leurs 9 voix. C'était écrit, c'était prévu !

Tandis que je m'ingéniais à deviner à qui je pouvais devoir les quatre voix de subrécot qui avaient complété ma

douzaine de suffrages, M. Busseret,
mon voisin, trop vivement ému, sans
doute, par son triomphe, fut pris d'une
subite défaillance. Heureusement la
mère Croux, brave femme qui héber-
geait le collège, s'empressa de lui offrir
une croûte imbibée de vin de pays, et
grâce à la puissance acétique du liqui-
de, le nouvel élu se sentit bientôt la
force de savourer sans encombre toutes les douceurs de sa victoire.

Cependant il restait un conseiller à
nommer, et la lutte devait naturellement s'engager entre Antoine Verret
et moi. Verret Antoine, l'un des notables du chef-lieu ! Antoine Verret, dont
le cheval et la voiture rendent tant de
services aux ménageots de Lacs ! Verret Antoine, qui écrit sans savoir lire !
Antoine Verret, qui a déjà obtenu
quatorze suffrages, tandis que je n'ai
pu en réunir que douze ! Il fallait
vraiment que j'eusse hérité de toute

l'ambition de mon voisin Busseret,
pour ne pas renoncer à rentrer en lice
avec un tel concurrent. Ah ! mes pauvres amis de Cosnay sentaient bien
tout mon désavantage, quand ils vinrent naïvement, et par la voix de
Bonnin, proposer au bureau de nommer,
d'emblée et sans nouveau scrutin, *leur
monsieu !*

A cette proposition, qui fit faire un
soubresaut à Verret et qui éleva de
violents murmures parmi ses nombreux partisans, je m'écriai :

— Rassurez-vous, habitants de Lacs,
et vous principalement Antoine Verret !
Quoique l'expédient proposé par Bonnin ait été pratiqué dans maints col-
lèges, à Verneuil et à Montgivray entre
autres, je ne consentirai jamais à ce
qu'on l'emploie en ma faveur.

— Messieurs, ajouta le président,
c'est là une contravention à la loi qui
n'a pu être inspirée que par l'effroi

qu'occasionne toujours la longueur
d'un nouveau scrutin, aussi je vous
engage à ne pas.perdre de temps et à
écrire de suite vos bulletins.

C'est ce que l'on fit.

En attendant l'heure du dépouillement, et tandis que M. Busseret pen-
sait à son cours d'eau, que le président dormait et qu'Aulard et le grand
Jean Dudon bâillaient à s'en déboîter
la mâchoire, je me mis à rêver aux
affaires de la commune.J'en vins naturellement à songer que, depuis six
mois, Lacs n'avait plus de garde-champêtre ; le dernier ayant fait banque-
route et s'étant enfui je ne sais où,
après avoir mis la clef sous la porte.
Je me rappelai que, depuis cette disparition, j'avais souvent prié notre maire
de nous en procurer un autre, et que
chaque fois il m'avait toujours répondu
que la majorité du conseil n'en voulait
plus. Le moment était on ne pouvait

plus favorable pour tirer cette affaire au clair.

— Je suis fâché. dis-je à M. Daubert qui commençait à ronfler, de vous arracher à vos méditations ; mais je désirerais vous faire interroger les membres de l'ancien conseil, ici présents, pour savoir au juste combien d'entre eux s'opposent à ce que la commune ait un garde-champêtre. Ce petit intermède, qui n'est pas hors de propos, apportera quelque diversion à la monotonie de notre séance.

— Volontiers, me répliqua l'honorable maire, et aussitôt il fit avancer, près du bureau, la collection complète des anciens magistrats de la commune et leur adressa tour à tour cette question :

Etes-vous d'avis que la commune de Lacs ait un garde-champêtre ?

Sept conseillers, tous ménageots, répondirent successivement, non. Le

fermier Clénet, le grand Jean Dudon
et M. Daubert seuls, déclarèrent que
oui, ils en désiraient un.

C'est bien cela ! dis-je en moi-même :
ce sont sept ménageots qui veulent
dîmer impunément sur un métayer et
deux propriétaires, ou, en termes
bibliques : ce sont sept vaches maigres
qui veulent dévorer trois vaches grasses.

Alors, je pris la parole, comme vache
plus ou moins grasse, et je dis :

— Messieurs, je souhaite beaucoup
que tout le monde vive ; mais je désire
par dessus tout que chacun vive à ses
dépens ; c'est pourquoi je me sens,
pour mon compte, grand besoin d'un
garde. Depuis] que je fréquente ce
pays, c'est-à-dire depuis dix ans, il a
pu en coûter aux délinquants qui ont
été surpris sur mes propriétés une
douzaine de francs, au pis aller, que
j'ai toujours fait remettre, quarante
sous par quarante sous, au garde qui

faisait les prises. Mais je le déclare, si,
à l'avenir, la commune ne voulait plus
entretenir de garde et que je me trou-
vasse dans la nécessité d'en payer un
de mes seuls deniers, alors je laisserais
mon garde donner cours à chacun de ses
procès-verbaux, jusqu'à concurrence
au moins de mes déboursés, et je crois
qu'à ce compte les malintentionnés
auraient moins à gagner qu'à perdre.

Personne ne dit mot, si ce n'est M.
Busseret qui me glissa dans l'oreille la
réflexion suivante :

— Savez-vous que si tous les bulletins n'étaient pas déposés dans le sala-
dier, (lisez : urne) ce que vous venez
de nous conter là aventurerait diable-
ment votre élection.

— Mon Dieu, monsieur, que vous
êtes donc prudent !

On fit le dépouillement du scrutin.
Il se trouva vingt-six votants; j'obtins
quatorze voix et fus proclamé conseiller.

Je n'en regagnai pas moins ma retraite, le cœur plein d'amertume. —
La guerre est plus que jamais parmi
les hommes, me disais-je. Chaque jour,
la querelle entre le pauvre et le riche
s'envenime. Voilà nos ménageots qui
deviennent *babouvistes, communistes,*
que sais-je ? Les pauvres aveugles
qu'ils sont ! Ils passent de l'extrême
soumission à l'extrême licence ; tant
pis pour ceux qui pouvaient les éclairer, les soulager, et qui ne l'ont pas fait !

Epilogue

Trois mois après : première séance
du conseil municipal de Lacs, depuis
ma nomination. Elle se tient à La
Châtre, dans la chambre de la fille du
maire, tandis qu'elle se fait coiffer. Les
paysans conseillers ne veulent toujours
pas de garde-champêtre. Un temps
viendra où pour garder leurs héritages,
les *grous* propriétaires devront payer
seuls des gardes. Ces braves gens le

disent ainsi et cela me paraît assez
équitable.

*
* *

Deux ans plus tard : Le conseil de
Lacs se choisit enfin un garde-champêtre. Ce fonctionnaire, âgé d'environ
70 ans, est sourd et à peu près para-
lysé ; il a nom Gerbaud, et remplira
parfaitement le but de la majorité du
conseil.

Chapitre XII

A M. de Vasson, procureur du roi à Rochefort

Si je ne vous écris pas plus souvent, mon cher ami, cela ne m'empêche pas de m'occuper de vous, et de m'enquérir de votre santé près des personnes qui reçoivent directement ou indirectement de vos nouvelles. Le tourbillon de distractions où nous vivons n'est pas tellement entrainant que nous n'ayons le temps de nous recueillir pour penser à nos amis.

Nous avons appris avec plaisir l'heureux accouchement de Mme de Vasson, et n'était l'effondrement de notre traverse, (car nous n'avons que ce mauvais pas d'ici Rochefort), je crois que ma femme partirait de suite pour aller faire ses compliments, et recevoir des dragées. Mais il n'y faut pas songer de

longtemps : Nous sommes bloqués,
par les boues, dans notre tanière, que
la distance seule et un peu de nostal-
gie, nous font prendre pour un Eden ;
nous voilà réduits, pour tout divertissement, à lécher notre patte, en vrais
ours, jusqu'à la belle saison.

Il ne se passe guère d'hiver que
l'idée ne me vienne de vendre mon
âme au Diable, c'est-à-dire mon vote
à Muret, pour avoir une route. Depuis
le procès de Perpignan, l'Eldorado de
Bujeaud m'affriande tellement, que
presque toutes les nuits je me promène
en rêve par les chemins dorés, tout
pavés de boudjous de l'heureux canton d'Excideuil.

C'est à peine si, dans cette saison,
quelques rares amis osent se hasarder
à nous visiter. Dernièrement, Jules
Néraud (1) qui a plus que jamais à

(1) Homme de beaucoup d'esprit et botaniste
distingué. Le Malgache des lettres d'un voyageur de George Sand.

7

cœur d'inspirer à son fils ses goûts de
bohémien et qui saisit toutes les occasions qui se présentent pour rompre ce
jeune homme aux fatigues des voyages, regarda comme une bonne fortune
l'offre que je lui fis de venir à Cosnay.
Il s'occupa donc aussitôt, ainsi qu'il est
d'usage dans les expéditions hasardeu-
ses, de former une espèce de caravane.
Il s'adjoignit Delavau, (1) comme médecin ; Alphonse Fleury (2) et Dumonteil comme hommes de sens et de
résolution, et partit de La Châtre sur
les neuf heures du matin, le 13 octobre de la présente année. — J'oubliais
de vous dire que, malgré les représen-
tations de ses amis, Dumonteil voulut
que ses enfants prissent part à cette
périlleuse excursion.

(1) Alors médecin et maire de La Châtre. Fut
depuis député de l'opposition sous Louis Philippe, membre de la Constituante et enfin
député puis sénateur, dévoué à l'Empire.

(2) Devint Préfet en 1848. Fut membre de la
Constituante et subit un long exil sous l'Empire.

A peine nos voyageurs étaient-ils
par le travers du *Charbon-Blanc* (1),
que, par des accidents indépendants de
leur volonté, ils se trouvèrent soudai-
nement dispersés et dans l'impossibilité
de marcher désormais de conserve. —
Ils nous arrivèrent donc, les uns après
les autres, tout éclopés, traînant l'aile,
crottés par dessus l'échine et affamés.

On se mit à table, où chacun, après
s'être un peu refait, raconta son odyssée.
Je n'entreprendrai pas de vous retracer
ce long tissu d'infortunes, de crainte de
vous exposer à de trop saisissantes
émotions ; je me bornerai à vous dire
que les bonnes et joyeuses causeries
qui, entre amis suivent tout dîner un
peu confortable, ayant prolongé la soirée jusqu'à dix heures, nous avions
tout espoir d'héberger nos convives
pendant la nuit, lorsque plusieurs

(1) Très petite localité sur la route et à peu
de distance de La Châtre.

d'entre eux, à notre grand étonnement,
parlèrent tout-à-coup de départ :
Charles qui n'en finit jamais, et qui
cependant trouve le temps de tout
faire, avait des malades à voir ; Dumonteil faisait pressurer son vin dans la
nuit ; Néraud, le juif errant, qui, à la
St-Jean comme à Noël, est toujours en
sabots, sans doute pour tempérer son
humeur pérégrinante, Néraud, ce soir-
là, était éperonné d'une façon toute
insolite par l'alerte que lui avait
donnée Fleury, en lui annonçant que
des braconniers avaient envahi son
enclos de la Rochaille et mis le siège
devant son ajoupa où la pudeur de sa
servante n'était pas sans avoir quelques risques à courir.

L'humanité, le vin et l'amour !... Il
n'en fallait pas tant pour les rendre
sourds à nos instances.— Ils partirent,
laissant à Cosnay, enfants, chevaux et
voitures, car il était impossible, par

une pareille nuit et de tels chemins, de s'embarquer avec tout ce bagage.

Orban leur fit passer le pont aux flambeaux, puis, leur souhaitant le bon soir, les laissa s'acheminer péniblement vers la ville, par de froides et pénétrantes ondées que les rafales de l'équinoxe leur dardaient au visage comme autant de quarterons d'épingles. Glissant, buttant, tombant, comme dans un cauchemar, le long de nos *traques* (sentiers) argileuses, si difficiles à suivre lorsqu'il a plu, ils avançaient d'un pas et reculaient d'autant, si bien que lorsqu'ils mirent le pied sur le pavé du pont des *Cabignats* (1) ils se trouvèrent, malgré toute leur exactitude à tenir la ligne droite, avoir fait deux fois le chemin de Cosnay à La Châtre.

Le lendemain, lorsque je recueillis, de la bouche même de l'un de nos malheureux amis, les détails incroya-

(1) Pont sur l'Indre, à l'entrée de la ville.

bles de cette nocturne excursion, lorsque j'appris que le vieux malgache qui doubla maintes fois, sans encombre, le cap des Tempêtes, avait été réduit, dans cette nuit de désolation, à appeler ses mains au secours de ses pieds, je ne pus contenir mon émotion, et pressant dans mes bras le digne narrateur, je m'écriai d'une voix entrecoupée de sanglots : — « Et vous n'aviez pas même de lune pour éclairer la lutte la plus sublime que l'homme ait peut-être jamais soutenue contre les éléments ! »...

Je vous demande pardon, mon cher ami, de vous avoir si longtemps promené par nos mauvais chemins ; si vous le voulez bien, nous entrerons un peu au logis, pour nous reposer, et voir ce qui s'y passe.

Amédée et Claire sont toujours avec nous ; je m'occupe de plus en plus de leur éducation ; cela ne va pas loin jusqu'à présent. Amédée étudie les grammaires latine et française, le calcul et l'histoire sainte. Claire apprend des fables et écrit passablement sur l'ardoise.

Vous ne pouvez concevoir, vous qui êtes doué de patience, le rude métier que je fais là ! J'y renoncerais certainement pour leur tranquillité, comme pour la mienne, s'il ne s'agissait entre eux et moi que des *neuf parties du discours*; mais comme je tiens au moins autant aux principes de morale qu'aux principes de grammaire, et que je m'occupe un peu plus de leur cœur que de leur tête, je désirerais bien ne les livrer que le plus tard possible aux *échoppiers* de l'Université.

Par le temps qui court, ce sont là, je le sais, des idées pleines de simplesse, mais je crois leur application suffisante pour préserver nos enfants des doctrines dégradantes de l'Industrialisme,

secte impie ! qui a pour Christ, M. de
Lacenaire ; pour Esprit Saint, un veau
d'or; pour apôtres, les Emile de Girardin, les Gisquet, les Bujeaud ; et pour
catéchumènes presque tous nos électeurs à 200 francs.

Adieu, mon cher ami, écrivez-moi
quand même ; ma paresse est rêveuse,
elle n'oublie pas.

CHAPITRE XIII

A Mme Clémence L. (1) à Guéret

Cosnay, 24 décembre 1838.

Je commence à être beaucoup moins
fâché, ma chère amie, que Néraud ait
été obligé de quitter nos pays, pour
courir après une Hélène-domestique,
belle fille de vos montagnes qui s'est
envolée de son ajoupa pour aller se
poser aux alentours du grand Cheix(2),
il n'y a guère qu'une quinzaine, et bien
par la faute de son avare possesseur.
car il eut suffi, pour la retenir, de lui
mette au pied une légère chaîne d'or ;
je commence, dis-je, à n'en être plus
fâché, puisque ce qu'il vous a dit de
ma santé, m'a procuré de vos nouvelles.

Je me trouvai en effet avec Néraud
quelques jours avant son départ dont

(1) Nièce de l'auteur
(2) Montagne qui domine Guéret.

j'étais loin de me douter, et je lui dis,
ce qui était vrai, que j'avais la fièvre ;
mais cette indisposition n'a pas eu de
suite. Je ne t'en remercie pas moins,
ma bonne Clémence, de l'empressement que tu as mis à savoir à quoi
t'en tenir.

Il n'y a pas apparence que ma
femme se décide à aller ce carnaval à
Guéret. Les belles soirées qui se pré-
parent à La Châtre, pour cet hiver, ne
la séduisent même pas. Tu vois que
nous n'en sommes plus à *l'ours*, nous
devenons *marmottes* ; si cela continue,
l'an prochain nous serons à l'état de
momies, et en 1840, nous commence-
rons à nous *pétrifier*.

Il est temps que j'avise sérieusement
aux moyens de parer à ces *inconvé-
nients*. La meilleure recette pour arrêter les progrès du mal, c'est je crois,
de retourner au plus tôt à la ville.

L'hiver, dans nos contrées brumeu-

ses, est trop refrogné, trop quinteux,
trop crotté surtout, pour que l'on
puisse se résigner à vivre, périodiquement, face à face, à la campagne, avec
un hôte aussi disgracieux. — Voilà
jusqu'à présent ce que j'ai trouvé de
moins mauvais à répondre aux indis-
crets qui seraient tentés de nous dire, à
notre rentrée en ville, que *nous ne
savons ce que nous voulons.*

Quoi qu'il en soit, j'aurai fait un
assez long essai de la *vie champêtre*,
pour pouvoir vous dire pertinemment,
mes belles dames, qu'en général, vos
idées reçues, et aussi, un peu votre
mobile nature, ne vous permettent
pas d'aimer longtemps cette existence
sédentaire.

De toute chose, vous ne voudriez
que le parfum, les douceurs et les
prémices, lorsque tout, ici bas, est
mêlé d'amertume, d'épines et d'ennui.
Semblables à l'abeille qui a besoin

d'un grand nombre de fleurs pour composer son miel, il vous faut une variété infinie de plaisirs pour composer votre bonheur. — Voilà, j'espère, par un jour de Noël, une comparaison d'une fraicheur assez printanière pour que tu m'en saches gré !

En résumé, la solitude, c'est l'oubli : et l'oubli pour vous, mesdames, c'est *la mort.*

En conséquence, quel que soit mon désenchantement de notre société arrondismentale, quel que soit mon amour pour ma paisible et modeste vallée, quelle que soit enfin, ma tendre sollicitude pour mes jeunes plantations et mon faible pour la culture des dahlias et des cantaloups, ne voulant pas transformer, pour ceux qui m'entourent, ma chère vallée en *vallée de Josaphat*, je me résigne à la quitter, effrayé que je suis de voir que les goûts les plus innocents peuvent quelquefois nous conduire au crime.

Chapitre XIV

Voyage à Paris

Le vendredi saint, 29 mars 1839, nous partimes ma femme et moi pour Paris. Nous fûmes de retour à Cosnay le mercredi matin 10 avril. Nous descendîmes de la voiture de Bourges, à Etaillé, et, après avoir fait déposer nos malles chez le cantonnier, nous nous acheminâmes à pied, par une forte gelée, vers notre tranquille hermitage.

Les neuf jours francs passés par nous à Paris furent parfaitement employés. J'eus un plaisir infini à servir de cicérone à ma femme et elle fut enchantée de son voyage. Quant à moi qui étais resté 7 ans sans revoir Paris, je trouvai beaucoup de nouveautés à admirer. De nouveaux quais, de nouveaux ponts, l'obélisque, ce point cen-

tral d'une place merveilleusement dé-
corée, des trottoirs, des squares entiers
pavés d'asphalte, comme d'une seule
et immense dalle, l'intérieur de la
Madeleine, les chemins de fer !

Quant aux résultats de ce voyage en
voilà les plus positifs :

1° Voitures : de La Châtre à Paris,
deux places dans le coupé, ci. 66ᶠ25

Idem. de Paris à Cosnay, par
Bourges, deux places, tant dans
l'intérieur que dans le coupé, ci 62 »

2° Table : déjeuners et dîners
pendant neuf jours, (déduction
faite de deux dîners pris chez
des amis) ci............... 64 »

3° Courses : en omnibus, ca-
briolets, citadines, wagons, ci.. 26 75

4° Logement : une jolie
chambre à alcôve, un petit
cabinet noir y attenant, au 2ᵐᵉ,
rue du Bouloy, hôtel de Suède.
Lumière, une falourde, por-

tier, etc., etc., ci   28   »

5° Spectacles : deux fois aux Français(*M*^{lle}*Mars,* *M*^{lle}*Rachel*). Une fois à l'Opéra-Comique *(le Domino noir)*.Une fois à l'Opéra, le grand *(le Lac des fées)*. Une fois aux Concerts Musard, ci.   44   »

_____

291   »

· 6° Et enfin, un petit redoublement d'ennui rapporté par ma femme dans notre humble Thébaïde, et que j'attribue au calme plat qui a succédé trop brusquement à l'agitation insolite de notre neuvaine parisienne.

_____

Lors de mon dernier séjour à Paris, je me trouvai en compagnie d'une belle dame et d'un beau monsieur qui allaient en wagon à St-Germain. Ces deux personnages s'entretenaient des rassemblements populaires qu'occasionnait l'ouverture des Chambres, et plaisantaient fort légèrement sur les suites d'une troisième révolution.

— « Cette fois ci, dit la dame, nous pourrions bien être obligés de travailler pour vivre. Le cas échéant que pourrais-je faire ? » Et après un moment de refléxion, elle ajouta :

— « Je me ferais maîtresse d'écriture. »

— « Et vous auriez parfaitement raison, reprit son interlocuteur, car il n'est pas de plus belle main que la vôtre. »

Où Diable ne fourre-t-on pas de la galanterie, chez nous !

Chapitre XV

Les méchancetés d'une lune rousse

La lune, nommée vulgairement *Lune rousse*, est en général très redoutée des agriculteurs, et ce n'est pas sans raison ; car, à l'époque où elle a lieu, il arrive souvent des froids et des gelées qui font beaucoup de mal. On est quelquefois embarrassé pour savoir quand on est dans la lune rousse. Voici un moyen très facile de connaître exactement l'époque positive de cette lune :

La lune rousse est toujours celle qui commence en avril, de manière qu'elle suit les variations qu'éprouve la fête mobile de Pâques ; tantôt elle arrive de bonne heure et tantôt elle est retardée.

On ignore pourquoi on nomme cette lune, *rousse*. Certains astronomes pré-

8

tendent que ce nom lui a été donné
parce qu'alors le soleil entre dans le
signe du taureau. A ceux-là je dirai
qu'ils ignorent si le taureau céleste est
fauve, plutôt que blanc ou noir. D'autres observateurs, à vue moins étendue, pensent que ce sobriquet ne lui a
été donné que parce qu'elle roussit ou
fait roussir les feuilles des arbres et des
plantes. A ceux-ci je dirai que leur
découverte ne leur a pas coûté un grand
effort d'imagination. Enfin, il en est
qui veulent que ce nom lui vienne tout
simplement de sa *méchanceté*. Ces
derniers prétendent que l'on ferait
beaucoup mieux de dire *méchant* comme une *lune rousse* que *méchant*
comme un *âne roux*. Jean le Champy
et la mère Bonnine sont de ce dernier
avis : je n'oserais, quant à moi, me
prononcer légèrement sur une pareille
question. Je me réserve purement et
simplement de la soumettre au comité
agricole de La Châtre.

Toujours est-il que, cette année,
1839, la lune rousse s'annonce comme
devant être des plus bénignes. La sé-
cheresse seule nuisait aux biens de la
terre, mais le 2 mai, nous avons eu,
par un temps d'orage, une bienfaisante
ondée qui a duré deux heures : —
« *Chaque goutte d'eau nous donne une
bouchée de pain,* » — disait le ménageot Proton ; et l'on eut dit qu'il rever-
dissait, comme son champ de marsèche, en voyant tomber cette manne
rafraîchissante... Mais je deviens terri-
blement biblique.

*
* *

Nous voilà au 10 mai, et tout se passe
on ne peut mieux depuis le commencement du mois ; point de gelées, de la
chaleur et de douces pluies d'orage de
loin en loin. C'est un temps à souhait ;
qu'il dure !

*
* *

Hélas !., Diane la rousse, a joliment

mordu Priape et Bacchus, cette nuit,
en leur disant adieu.

C'est-à-dire que la lune en changeant
de couleur, ou si vous voulez en
se rajeunissant, nous a donné une
forte gelée blanche qui a fait beaucoup
de mal à ma vigne et à mes melons
que je venais de transplanter et que
j'avais négligé d'abriter. Plus tard j'ap-
précierai toutes les horreurs de cette
nuit, et je vous en ferai part.

Oui, hier encore, je me complaisais
à relire dans mon almanach : ⊕ N. L.
le 13, à 7 h. 20 m. du matin, et je faisais, devant tous les miens, et en assez
bons termes, (comme jadis lorsque je
chantais Louis-Philippe (1), tant je suis
confiant aux promesses !) et je faisais,
dis-je. ce qui ne s'était jamais vu, l'é-
loge de la lune rousse ! .. Je voulais la
réhabiliter; je voulais lui enlever ses
taches de rousseur, la rendre blanche

(1) Voyez le chapitre II de l'Appendice,

comme un naissant agneau., et faire
entériner ce certificat d'innocuité par
le comité d'agriculture de notre arrondissement. Je voulais !... Que sais-je ?
J'étais fou ! J'encensais Satan ! Je déi-
fiais le mal !... Le châtiment ne s'est
pas longtemps fait attendre. Serai-je
enfin corrigé ? Je ne sais ; il est si doux
de se laisser aller à l'espérance, surtout
lorsqu'on y est convié par toutes les
séductions d'un beau printemps.

O châtelain de Cosnay ! Toutes les
fois que reparaîtra dans ton joli vallon,
le renouveau, avec ses guirlandes de
fleurs, ses thyrses de pampres bour-
geonnants et ses chœurs de rossignols
et de fauvettes, épanouis-toi au soufle
de sa tiède haleine. mais ne cesse pas
de répéter mentalement, soir et matin,
jusqu'aux premiers jours de juin, le
distique suivant qui m'a été inspiré
par l'expérience :

> Pour juger d'une lune et d'un Monarque aussi,
> Le sage attend toujours que leur règne ait fini.

Dans la nuit du 17 au 18 mai, les trois quarts de ma vigne ont gelé. Les désastres du 13 mai ne sont rien en comparaison de ceux de cette nuit.

Tout cela est vraiment triste à cette saison. Je m'étais figuré que si Dieu s'occupait de quelqu'un sur terre, ce devait être de l'homme des champs. Me serais-je abusé ? Pourquoi faut-il que ses espérances, si peu ambitieuses, soient tant de fois trompées, tandis qu'Emile de Girardin est à peine contrarié dans ses candides entreprises ! — Il y a quelque chose là-dessous, disent les bonnes gens. — Moi, je crains bien qu'il n'y ait rien du tout.

*
* *

Le vendredi 24 mai, au matin, il a gelé presqu'aussi fort que le 18, après trois ou quatre jours de grandes chaleurs. O fortunatos nimium, sua si bona norint, Agricolas !

Tu n'eus pas dit cela, Maro, (Maraud !) si ta vigne et ta melonnière eussent été placées sur les bords de l'Igneray !

CHAPITRE XVI

Orage et grêle au Château

Le 25 mai 1841, au matin, le temps est sombre et lourd. L'air manque aux poumons ; on nage dans un bain de vapeur.

Sur les dix heures, de sourds et profonds coups de tonnerre se font entendre.Pour mieux juger de l'atmosphère, je me rends au sainfoin de la *Croix-Moquet*, sur le plateau qui, vers le sud-est, domine notre village, et là, tout en élaguant de jeunes noyers, je remarque, à l'horizon, une large zone de nuages jaunâtres faisant corps avec ceux de couleur plus sombre dont la coupole de plomb assombrit le ciel et pèse de plus en plus sur nous.

En ce moment,les cloches de Thevet, de Vic-sur-Haut-Bois, de Montlevic, de Lacs, de Lourouer, etc., donnèrent

l'essor à leurs imprudentes volées. Le
nuage aux flancs cuivrés commença de
se mouvoir. A mesure qu'il montait,
montait vers le zénith, les coups de sa
formidable artillerie devenaient moins
rares, et, (ce qui était vraiment effra-
yant à entendre), dans l'intervalle des
détonations, un bruit sinistre, une
espèce de borborygme monstre, un
grêlassement sourd, comme disent nos
indigènes, partait incessamment du
ventre du météore, et présageait l'ap-
prêt des projectiles qui allaient nous
assaillir.

De larges gouttes d'eau tombaient
pesamment sur la terre, et cette brise
légère qui précède la venue de l'orage
se jouait déjà dans la chevelure touffue
des grands noyers du hameau, semblable au tigre qui folâtre avec sa
proie avant de la déchirer.

Je me hâtai de regagner ma demeure
où je trouvai le vieux M. Busseret,
notre nouveau maire.

— Nous allons avoir un terrible
orage, lui dis-je.

— Cela ne sera rien, me répondit-il.

Au même instant, un large morceau
de glace tomba sur les dalles de la cour.

— Oh ! — fit ma femme effrayée, —
voyez quelle grêle !

Et les grains, si toutefois l'on peut
appeler cela des grains, se succédèrent
à coups de plus en plus pressés. Ils
étaient de grosseur inégale ; nous en
vîmes un grand nombre qui dépas-
saient des œufs de poule en volume.
Cette décharge désastreuse qui nous
venait du sud dura une grande demi-
heure, et pendant ce temps, l'optimiste
M. Busseret ne cessa de répéter :

— Cela ne sera rien, la grêle est
mêlée d'eau; elle ne saurait faire beaucoup de mal.

Cette bordée meurtrière une fois
essuyée, nous sortîmes pour en apprécier les dégâts. Le jardinage était

haché ; les pêches, les pommes jon-
chaient la terre ; le peu de fruit qui
restait sur les arbres était meurtri. Mon
châssis, mes cloches à melon étaient
en pièces, la vigne avait beaucoup de
mal, ainsi que le froment des champs
voisins.

J'étais suivi durant ce triste inven-
taire par le vieux Busseret qui n'in-
terrompait son inconcevable ritournelle,
que pour m'entretenir du mauvais état
où il avait trouvé les archives de la
commune de Lacs, à son avènement au
pouvoir, des réparations à faire au
pont de Cosnay et de mille autres
billevesées. Cela commençait à m'aga-
cer les nerfs, car je hais les gens que de
telles catastrophes n'émeuvent pas, et
d'ailleurs, je ne pouvais lui pardonner
d'être resté froid au spectacle navrant
de ma melonnière : — « Si tu étais
rentier, disais-je à part moi, je pourrais
peut-être te concevoir, mais tu as de

bons biens au soleil. » — Je cherchai donc charitablement à retourner contre lui l'une des pointes qui me perçaient le cœur et lorsque je crus avoir trouvé un défaut à sa cuirasse, je lui poussai impitoyablement cette botte :

— Je crains bien que la nuée qui vient de nous écraser, ne vous ait occasionné quelque dommage à la Bouverie, (c'est ainsi que l'on nomme le domicile de ce vieux Pangloss), car elle s'est élevée en grande partie de ce côté.

— Je suis assuré contre la grêle, me répondit-il tranquillement.

C'était là le mot de l'énigme !

Pauvre humanité ! Plus on t'étudie en soi et hors de soi, plus on te trouve laide. — Nous n'avons pas besoin d'aller à ton école, ô Zénon ! pour acquérir cette fermeté d'âme qui te rendait insensible à toutes les tribulations de ce monde. Grâce à *la Cérès*, à *l'Iris*, à *la Rurale, au Phénix* (1) etc... celui qui a le moyen de payer des *primes d'assurance* est imbu à l'instant même de la doctrine du Portique, et peut assister, impassible et les bras croisés, à tous les bouleversements de notre planète. N'était que l'on n'a pu encore *assurer* contre la gravelle, la peste et autres petites incommodités semblables, le sort de nos modernes stoïciens serait on ne peut plus agréable.

Je fus sans pitié pour M. Busseret, et je me réjouis d'avoir sous la main une coupe d'amertume toute prête pour y noyer son égoïsme.

— Ces assurances contre la grêle, lui dis-je, sont impuissantes à réparer le mal, toutes les fois que le fléau a quelqu'extension. Voyez ce qui est arrivé l'an dernier dans nos pays ; aucun sinistre n'a été réparé, et pour vous citer un exemple qui me touche

(1) Compagnies d'assurances.

d'assez près : mon beau-père qui était
assuré, et dont les blés avaient éprouvé
par la grêle, au dire des estimateurs,
une moins-value de 3000 francs, n'a
touché qu'une somme de 70 francs,
somme inférieure au chiffre de sa
prime. D'où je conclus qu'en fait de
grêle, les assureurs sont des fripons,
et les assurés des.., dupes.

Mon stoïcien fit la grimace et pâlit
un peu.

— M. Busseret, ajoutai-je, n'auriez-
vous pas besoin de prendre quelque
chose, vous avez beaucoup marché, et...

— Je vous remercie, monsieur, je
vous avoue franchement que je ne
serais pas fâché de savoir comment
cela s'est passé à la Bouverie, et je
vais vous souhaiter le bonsoir.

Mon homme partit en effet, mais
avec la puce que je lui avais mise à
l'oreille, et c'était tout ce que je de-
mandais, car j'appris plus tard avec
plaisir que Lacs avait été épargné.

CHAPITRE XVII

Orage et grêle au Village

Sur le soir, je me rendis au village pour savoir des ménageots qui travaillent au loin, comment cela s'était passé dans les communes environnantes.

Je trouvai une assez nombreuse réunion sur le Paraquin. — Jean Rochat, mon meunier, contait que, retournant une fournée au domaine de Vaissière, il avait été assailli par l'orage, et qu'il avait vu quelques grains de grêle aussi gros que des œufs d'oie. Une poule avait été tuée sous ses yeux par l'un de ces projectiles, et la métayère du dit domaine, ayant voulu ramasser, suivant l'usage, les trois premiers grains de grêle qu'elle voyait tomber, pour les mettre au feu, et préserver ainsi la maison du tonnerre, avait reçu sur l'épaule un morceau de glace tellement lourd, qu'elle ne pouvait plus s'aider de son bras. On avait eu la curiosité de peser deux des plus forts grêlons et leur poids s'était trouvé dépasser une demi-livre. Crémeux, les Amourets, au dire du narrateur, avaient aussi beaucoup de mal.

Le grand Bigot, le plus robuste de nos ménageots et le plus courageux, s'humiliait dans sa force et disait : « J'étais après sarcler dans l'étang de Thevet(1), au moment de l'orage. Quand j'ai vu tomber une pareille grêle, je n'ai pas pu m'empêcher d'avoir peur. Les branches des peupliers descendaient plus vite et plus dru que si je les avais abattues avec ma serpe ; les grêlons étaient si pesants qu'ils s'enfonçaient à terre à l'endroit même où ils tombaient. D'ailleurs, ajouta-t-il en forme de péroraison, celui qui a effondré la

(1) Etang desséché, mis en culture et loué par petits lots aux ménageots.

maison du maréchal était sans contredit plus gros que mon sabot. » Je por-
tai machinalement, à ces derniers mots,
mes regards sur la chaussure de l'ora-
teur, et je ne pus me défendre d'un
sentiment d'effroi à la vue des énormes
bûches qu'il traînait à ses pieds.

En ce moment arrivèrent des petites
filles qui revenaient du catéchisme.
Elles nous apprirent que la grêle avait
fracassé les fenêtres et la toiture de
l'église de Thevet ; que les tuiles des
maisons étaient en grande partie bri-
sées, et qu'une quantité innombrable
d'oisons, épars dans la campagne,
avaient péri dans la tempête. Ce dernier désastre paraissait surtout avoir
impressionné l'esprit de ces jeunes
catéchumènes. Elles ajoutèrent, comme
circonstance indifférente et toute naturelle, que quelques habitants de l'endroit avaient vu au plus fort de la
bourrasque, deux hommes noirs qui

se battaient dans la nue, au-dessus du clocher.

— J'ai souvent entendu raconter, nout'monsieu, — me dit, à ce sujet, le petit Tienne Labergère qui se trouvait à côté de moi, — qu'autrefois, dans le temps qu'il existait deux paroisses à Thevet, celle de St-Julien et celle de St-Sylvain, il y en avait toujours une, et je crois que c'est celle de St-Julien, qui ne grêlait (1) jamais. Tout aurait été abrasé (saccagé) dans celle de St-Sylvain que l'autre n'attrapait aucun mal.

— A quoi cela tenait-il donc ?

— Cela venait du prêtre. Le curé de St-Julien avait coutume de dire : — pourvu que j'aie un pied dans ma paroisse, je suis sûr qu'il n'y grêlera jamais, — et c'était ben vrai.

— Au moins c'curé là n'était pas si

(1) Nos paysans font de grêler un verbe neutre

ch'ti (méchant) que celui de Châteaumeillant, dit Philippe Lhardy.

— Comment cela ? demandai-je.

— Dame ! monsieu, y disent que
l'aut' ceux années (1) qu'il y grêlit tant,
on l'a vu, dans l'air, assembler et pous-
ser, avec les pans de sa grand'biaude
noire (2), toutes les plus mauvaises
nuées sur la ville et la paroisse de
Châteaumeillant.

— Oh ! repris-je d'un air de doute,
afin d'encourager les confidences, on
met bien des choses sur le dos des curés.

— Pour mon compte, je ne les noir-
cis, ni ne les blanchis, reprit le cabaretier Pédard-Daugeron. Tout ce que
je sais, c'est qu'il y avait l'autre jour
à notre porte un *chercheux de pain*
(mendiant)qui nous a dit avoir rencontré, du côté de la Maisonnais et dans
un chemin creux, quatre curés qui
jouaient à la grêle.

(1) L'autre de ces années,
(2) Blouse, soutane,

— Quel diable de jeu est-ce cela ?
demandai-je.

— J'ai fait la même question, répliqua Pédard, mais le chercheux de pain
m'a répondu qu'il avait eu tant d'peur,
qu'il ne s'était pas amusé à les regarder longtemps. Il nous a assuré aussi
que, l'aut'ceux jours, dans la paroisse
de Lignerolles, deux nuées à faire
trembler s'avançaient en *roinçant*
(en grondant) l'une contre l'autre au
dessus du bourg, lorsque deux fins
chasseurs de l'endret s'imaginèrent de
charger leurs fusils à balles et de tirer
dans les bourras (1). Au même instant
il en est tombé deux grous curés qui
en faisaient soude (2).

— Oh ! pour le coup, c'est un peu
fort, dis-je en riant malgré moi. Et
croyez-vous tout cela, père Pédard ?

Ma foi, monsieu, je ne sais trop

(1) Gros nuage.
(2) Compassion, peur.

qu'en dire ; nous voyons tant de ch'tis
prêtres depuis quelque temps dans nos
environs (1), et c'monde là çà a tant
de savoir faire ! Sans aller ben loin,
n'marmuse (2)-t-on pas encore tous les
jours que c'est le curé Landillon (3)
qui avait donné à la paroisse de Montlevic les sauteriaux (4) qui firent tant
de mal aux biens de la terre, il y a
une dizaine d'années ?

— Sans compter (5), reprit Fromenteau, que les chenilles qui nous man-
gent, à l'heure qu'il est, ont bien aussi
été baillées par quelqu'un, allez.

— On dit que c'est une religieuse de
Paris qui les a baillées les chenilles de
c't'année, dit Tiennet Moreau.

(1) Il disait vrai : Le curé Bunel de Thevet
venait d'être condamné par le tribunal, comme
débauché. Robert qui lui succéda, et qui plus
tard fut emprisonné comme voleur de chevaux,
donnait les plus mauvais exemples.
(2) Ne marmotte-t-on pas.
(3) Prêtre tres connu dans le pays et mis en
interdit par l'église à cause de ses déportements.
(4) Sauterelles.
(5) Locution proverbiale très en usage.

— Comment s'y est-elle donc prise, lui demandai-je avec curiosité.

— Elle a donné un mot d'écrit à un homme qui lui demandait une consultation. Cet homme a posé, par hasard, ce papier sur un buisson et il en est sorti une ribambelle de chenilles qui se sont répandues par toute la terre et qui doivent, l'an prochain, se changer en serpents (1).

— Voyez-vous çà ! s'écria naïvement Landriche d'un air effrayé, et en me regardant à pleins yeux, comme pour s'assurer de mon sentiment sur le dire de Tiennet.

Quel abrutissement ! pensai-je en moi-même, et c'est en 1841, au cœur de la France, chez la nation qui passe pour la plus civilisée du monde, que l'on trouve une pareille barbarie ! O prêtres ! voilà votre ouvrage ! Un

(1) Je suis incapable d'inventer de pareilles bêtises. Tout ce que je rapporte ici je l'ai entendu.

temps a été où, pour asservir ces malheureux, vous avez employé les armes de la superstition et ils les tournent maintenant contre vous-mêmes. S'ils vous rendent garants des fléaux qui ravagent leurs récoltes, c'est que vous leur avez fait croire qu'en marmottant des neuvaines, qu'en promenant par les campagnes vos *fétiches* et vos *manitous,* vous pouviez conjurer l'intempérie des éléments.

O ! ci-devant Reine des nations ! Tandis que les plus éclairés et les plus polis de tes enfants se laissent gouverner par des épiciers fripons, tes prolétaires de toute sorte, autrefois abrutis, aujourd'hui scandalisés par beaucoup trop de leurs prêtres, perdent toute saine croyance et toute moralité !

Malgré la pitié que m'inspiraient de telles révélations, je voulus sonder dans toute sa profondeur cette déplorable ignorance, et reprenant le fil de la conversation :

— Vous croyez donc, dis-je, avec
l'accent d'un doute prêt à se laisser
convaincre, qu'il y a des personnes qui
peuvent faire tomber la grêle sur un
pays, ou l'en préserver ? (1)

— Oh ! oui, nout'monsieu, répondit
le petit Tienne ; comme il y en a qui
peuvent arrêter le feu.

— Ah bah ! Il existerait aussi des
personnes qui auraient le pouvoir
d'éteindre un incendie ?

— Oh ! çà, nout'monsieu, je l'ai vu,
reprit rapidement le petit Tienne. Une
fois, du temps de votre père, le feu
prit au châtiau. Tout le village s'y
porta. On n'était pas en peine de l'eau,
comme vous voyez, puisque le logis
est au milieu de la rivière ; malgré
tout, la flamme montait, montait toujours. Quelqu'un dit : — « Ah ! voilà

(1) On trouve dans un vieux code espagnol
du 13ᵉ siècle, appelé Fuero Iuzgo, des peines
contre ceux qui font tomber la grêle sur les
vignes et les moissons. Lib. VI, Tit. 2, Ley. 4.

M. de Marembert. » — C'était un cou-
sin-germain de votre père, qui habi-
tait souvent la maison *plaisante* (1) de
Crémeux, et qui passait pour savoir
charmer le feu. Tout le monde en le
voyant se rassura, et personne ne s'occupa plus de rien. M. de Marembert
entra dans la cour, et dit seulement en
levant la main :

— « Eh ! bien, mes enfants, cela
n'est plus rien ; voilà qui est fini ».

En effet, le feu qui était dans sa plus
grande force tomba tout à coup et on
n'y vit bientôt plus que de la fumée.

— Une année, ajouta Tiennet Moreau, le feu était aux bâtiments du
domaine du grand Igneraie ; il avait
déjà dévoré la moitié d'une grange couverte à paille et l'on ne faisait plus
d'efforts pour l'éteindre, parce qu'on
jugeait la chose impossible. Arrive

(1) Nos paysans appellent ainsi une villa
bourgeoise.

Guyonnet. — Vous avez tertous (tous)
entendu parler de Guyonnet ? — Chacun se hâta de faire un signe d'affir-
mation. — Guyonnet donc arrive, tranquille comme Baptiste, les mains dans
ses poches, et en subiant (sifflant)
comme y fasait terjous (faisait toujours).
Il fait le tour dès bâtiments, regarde
sur le toit embrasé, étend le doigt et
barre le feu. La flamme s'arrêta juste
à l'endroit qu'il avait marqué.

— C'est une chouse émaginante
(chose étonnante), allez tout d'même,
dit la mère grand Jeanne ; mais je tiens
de défunt ma pauvre mère, que ceux
qui *charment* le feu risquent leur âme.

— C'est à croire, dit le petit Tienné
à demi-voix.

Alors je repris avec le plus grand
sérieux :

— Ne ferait-on pas cent fois mieux,
à La Châtre et dans les grandes villes,
où l'on entretient à si grands frais des

compagnies de pompiers, de se procurer un homme comme Guyonnet qui,
sans pompe et sans fracas, vous arrête
un incendie rien qu'en levant le doigt ?

— C'est pas faux ! répartit l'assistance.

Là-dessus, je regagnai mon logis où
je m'empressai de mettre par écrit les
choses merveilleuses que vous venez
de lire.

Chapitre XVIII

Antiquités locales

Le 1ᵉʳ juillet 1839, Charles Delavau, maire de La Châtre, vint à Cosnay avec un M. Pierquin, décoré de juillet, inspecteur de l'Académie et, malgré ce dernier titre, savant en beaucoup de choses, (au moins à ce qu'il m'a paru). Ces messieurs étaient accompagnés d'un vieux bonhomme du nom de Caron, se disant homme de lettres, et pour le moment, rédacteur d'un journal littéraire à Châteauroux. Ils déjeunèrent à la maison.

Après le déjeuner, je promenai ces messieurs par le village et leur en fis voir les *curiosités*. Je n'oubliai pas de leur montrer l'excavation qui se trouve dans le petit pré joutant l'abside de la chapelle. Le vieux Caron, qui aurait tenu, même après dîner, dans un four-

reau d'épée, tant il était svelte et fluet,
pénétra assez facilement dans ce souterrain au moyen d'une échelle ; mais
il ne put aller bien loin. Je contai alors
à M. Pierquin, qui se pique d'être antiquaire, ce que je savais de ce trou, par
les anciens du village qui y étaient
descendus avant que l'entrée en fut
obstruée. Il me répondit que, selon
toutes probabilités, cette caverne n'é-
tait autre chose qu'une *mardelle* ou
margelle, lieu où les Gaulois, nos pères,
se réfugiaient pour se mettre à couvert
des attaques de l'ennemi ; qu'ordinairement ces souterrains étaient fort
spacieux, sans être jamais voûtés en
pierres de taille. Je lui montrai, à ce
propos, une petite médaille trouvée
dans un enclos voisin, et il la recon-
nût, sans hésiter, pour une monnaie
gauloise ; ce qui flatta, fort agréable-
ment, mon amour propre d'ignorant,
car je me trouvai avoir deviné, d'ins-

tinct, l'origine de cette respectable
relique. M. Pierquin me confirma dans
l'opinion où j'étais déjà, que les Gaulois fondaient leurs monnaies, et ajouta
que, parmi les objets curieux que renferme la collection d'antiques de M.
Mater, président de la Cour royale de
Bourges, il se trouve un moule qui a
servi à cet usage. C'est le seul instrument de ce genre qui soit connu des
antiquaires.

Tout en causant de la mardelle, de
la médaille et de la chapelle de Cosnay
dont, par parenthèse, M. Pierquin
reporte la construction au dixième siècle, le temps marchait à grands pas,
et ces messieurs avaient l'intention de
visiter les antiquités de Montlevic. Ils
m'engagèrent à les accompagner, j'ac-
ceptai, et nous partîmes.

Ces *mardelles*, nous dit, chemin faisant M. Pierquin, étaient fort communes autrefois dans nos contrées ; non

seulement elles servaient de refuge à
nos pères dans les temps de détresse et
d'invasion, mais il paraîtrait que pendant longtemps, ils n'eurent point d'autres demeures. Le nom même des
anciens peuples du Berry, *Bituriges
cubi*, indique positivement leurs habitudes souterrées. Le mot *cubi* dérivant
d'un terme celtique (c'est M. Pierquin
qui parle) qui veut dire *cave, creux, cuve*
—ou *cube*—(ajoutai-je charitablement),
—comme disent encore les habitants de
Cosnay, en parlant de ces sortes de
grands vaisseaux. — Je remarquai
avec satisfaction que notre savant me
sut gré de ce coup d'épaule.

Nous fûmes assez heureux, en arrivant à Montlevic, pour trouver chez
lui M. Dorsanne. Il montra à M. Pierquin les nombreuses médailles romai-
nes, découvertes dans son parc. Notre
savant compagnon de voyage n'en
trouva aucune de rare. Il nous en fit

remarquer une qui, comme fausse
avait été poinçonnée, au temps même
où elle avait eu cours. Il attira aussi
notre attention sur celles de ces monnaies qui portent, à leur revers, ce
que l'on appelle l'autel de Lyon (1).
Aucune, nous dit-il, ne reproduit ce
monument d'une manière uniforme.

En nous rendant aux ruines romai-
nes qui gisent au fond de la vallée,
nous reconnûmes encore une mardelle
située à mi-côte et à quelques pas de
l'entrée du jardin anglais. Les restes
de la villa-romaine émerveillèrent M.
Pierquin. A la vue des briques à rebors;
des débris de poterie rouge, (terra-
campana), presque tous empreints de
reliefs ; des cippes ; des tronçons de
colonnes, encore partiellement revêtus
de stuc ; des nombreux fragments de
cornes de cerfs, et des écailles d'huîtres

(1) C'est le célèbre autel qui fut érigé, à Lyon,
par soixante cités des Gaules et consacré à
Auguste.

qui jonchent le sol ; il ne douta pas un
seul instant de l'origine de ces ruines.
Et lorsque nous lui eûmes rapporté que
deux squelettes, l'un de femme et
l'autre d'enfant, avaient été trouvés
renversés sur l'âtre de l'un des appar-
tements, il lui fut clairement prouvé
que cet établissement avait dû être
subitement anéanti par quelque torren-
tueuse invasion de barbares du V° siècle.

C'est un parc fort remarquable que
celui de Montlevic. Délicieusement
planté, en amphithéâtre, d'arbres
indigènes et exotiques ; des fontaines
naturelles y entretiennent une vivifiante
fraîcheur, et des pelouses bien disposées
présentent, à chaque pas, de larges et
variées perspectives. Mais, ce qui est
vraiment inappréciable, ce qui ne se
rencontre peut-être que là, ce qui trans-
forme ces lieux en un véritable Elysée
d'antiquaire, c'est la réunion, dans le
même enclos, d'une *mardelle* celtique,
d'une *villa gallo-romaine* et d'un château ruiné du moyen-âge.

Chapitre XIX

Un Banquet patriotique

Le 1er novembre 1839, il y eut à La Châtre, dans la grande salle de l'hôtel St-Germain, un banquet patriotique, pour ne pas dire républicain, où se réunirent quatre-vingt-quatre citoyens, tant du département de l'Indre que des départements du Cher et de la Nièvre. Cette fête était présidée par Michel de Bourges qui prononça, après le repas, un des plus beaux discours que j'aie jamais entendu. MM. Jules Néraud, Dumonteil, Fleury, Planet, Duvernet, Dutheil, etc., et beaucoup d'autres habitants de La Châtre assistaient à cette réunion. Je mentionne particulièrement les noms qui précèdent afin que, dans longtemps d'ici, ceux qui liront cet immortel ouvrage s'amusent à remarquer si les descendants de ces

10

messieurs ont marché sur les traces de leurs devanciers.

Il n'est pas hors de propos de noter ici que le parti démocrate,à La Châtre, compte dans ses rangs les citoyens les plus honorables de cette ville ; soit par leur probité, soit par leurs lumières, soit par leur position pécuniaire. Je ne suis peut-être pas très modeste en m'exprimant ainsi, mais à coup sûr je suis fort véridique.

Chapitre XX

Scènes de Jury

J'ai été mandé, cette année, comme juré, à Châteauroux. Je n'étais pas le seul appelé, de mon arrondissement ; il y avait surtout avec moi bon nombre d'habitants de La Châtre.

Je me trouvai donc, le 2 décembre, au matin, dans la salle des assises. On procéda à l'appel des jurés, auquel ne répondit pas le sieur Chabert, ancien avoué à La Châtre. Je ne fus pas peu étonné, moi qui avais vu la veille le dit Chabert promener dans nos rues sa splendide santé, je ne fus pas peu étonné, dis-je, d'entendre le procureur du roi, s'appuyant sur un certificat de médecin, provoquer la radiation définitive de la liste du jury du sieur Chabert.

Alors le drame bourgeois suivant eût lieu :

ACTE Ier — SCÈNE Ire

MOI

— Que pensez-vous de cela, messieurs ? — dis-je, en me retournant vers les Castriens qui m'avoisinaient. et qui tous, ainsi que moi, connaissaient l'inaltérable constitution du ci-devant avoué.

MM. FRETEL, BOISSARD, PERRIÉ et DUPARQUET

(le premier, bourgeois de La Châtre ; le second, pharmacien retiré ; le troisième, conservateur des hypothèques ; le quatrième, avocat et marchand de biens en détail)

— Nous pensons que c'est une criante injustice !

MOI

— Alors, si vous m'en croyez, nous réclamerons. La réclamation n'aura aucun résultat, je le sais : l'arrêt est rendu ; mais, au moins, nous ferons voir à la Cour et au ministère public en particulier, (qui passe la rhubarbe

au père Chabert en attendant le séné),
que nous ne sommes pas dupes aveugles de cette comédie.

CHŒUR DE CASTRIENS

— Réclamons ! réclamons !

Cela dit, je me lève, et me dirige
vers la chambre des délibérations, où
s'était retirée la Cour. Je vais droit à
M. D., le procureur du roi, et lui
expose ainsi nos griefs.

SCÈNE IIᵉ

MOI

— Il serait à propos, monsieur, que
tout citoyen porté sur la liste du jury,
ne reculât pas devant son devoir. La
charge de juré deviendrait alors moins
lourde pour tous.

LE PROCUREUR DU ROI

— Où voulez-vous en venir, M. le
juré ?

MOI

— Je veux vous parler, monsieur,
de la radiation de M. Chabert. Elle a

tellement stupéfié tous les jurés de La
Châtre, ici présents, que nous n'avons
pu résister au besoin de vous manifes-
ter notre étonnement.

LE PROCUREUR DU ROI

— Mais, monsieur, l'arrêt est rendu,
et il a été rendu sur un certificat de
médecin qui atteste le mauvais état de
santé de M. Chabert.

MOI

— Ce certificat, monsieur, ne peut
être qu'une plaisanterie ; en obtient
qui veut de ces certificats-là. (*C'était
une vérité que j'aurais dû taire ; je
le vis plus tard*). On ne nous fera
jamais croire à nous qui connaissons
la santé modèle de M. Chabert, à nous
qui le voyons siéger fréquemment,
comme juge suppléant, que ce monsieur
est dans l'impossibilité de siéger
comme juré.

LE PROCUREUR DU ROI

— Alors, vous êtes tout simplement,

en ce moment, M. le juré, le dénonciateur du médecin qui a signé le certificat.

MOI *(avec feu)*

— Dénonciateur ! Mais c'est abominable, monsieur, ce que vous dites-là.
Savez-vous que je ne suis pas du tout
habitué à m'entendre appliquer de
pareilles qualifications.

LE PROCUREUR *(pas mal échauffé pour
son compte)*

— Monsieur le juré, modérez-vous,
je vous prie, et faites attention au
caractère dont je suis revêtu !

MOI

— Vous avez manqué le premier,
monsieur, à ce caractère, en me trai-
tant de dénonciateur. Heureusement
ces messieurs......

*Je me retourne, à ces mots, pour en
appeler à mes concitoyens, et leur faire
certifier ma moralité, lorsque je m'ap-
perçois qu'il n'y a que moi de juré dans
la salle. Un peu déconcerté de cette*

déconvenue, je n'en reprends pas moins, haut :

— Précisément parce que vous ne me connaissez pas, monsieur, vous deviez vous abstenir d'un pareil terme.

LE PRÉSIDENT DES ASSISES *(s'interposant)*

— M. le juré, cette scène devient fatigante, veuillez vous retirer.

MOI

— Je vous obéis, M. le président.

Je sors aussitôt ; mais arrivé dans la salle d'audience, je m'adresse avec chaleur au groupe de Castriens que je retrouve impatients d'apprendre ce qui s'était passé dans le huis clos.

SCÈNE IIIe

— Je croyais que vous me suiviez, messieurs, lorsque je suis entré là dedans, — dis-je, en désignant d'un geste superbe la chambre du conseil. — Je regrette que vous n'ayez pas été présents à la scène qui vient de s'y

passer. On a osé me traiter de dénonciateur, messieurs ! Et cependant je
n'ai fait qu'exprimer ce que vous pen-
sez tous ! J'espère que vous allez me
suivre à l'instant, sinon pour prendre
sur vous une partie de la responsabi-
lité de ma démarche, au moins pour
attester qui je suis.

M. BOISSARD

— Il faut y aller, il ne faut pas
abandonner M. L.

M. PERRIÉ

— Certainement !

M. FRETEL

— Allons, messieurs !

M. DUPARQUET (*hésitant, comme toujours*)

— Mais....

M. BOISSARD

— Que diable, M. Duparquet, il n'y
a pas à balancer !

Cette fois, je fis mon entrée, dans la
chambre du conseil, à la tête de tout
mon monde. Je ne ressemblais pas mal

à un caporal de bisets (1)en patrouille.

La cour fut passablement surprise de me revoir. Le président fit un petit geste d'impatience ; le procureur une légère grimace en inspectant mes quatre hommes ; les deux juges, les reins au feu, n'étaient que spectateurs, et avaient l'air de prendre tout cela en manière de divertissement.

SCÈNE IV

— Monsieur, dis-je, — en poussant directement au procureur du roi, et d'une voix calme et digne, — ces messieurs sont ici pour vous répéter ce que j'ai eu l'honneur de vous dire à propos de M. Chabert, et pour repousser, au besoin, l'épithète injurieuse dont vous vous êtes servi à mon égard.

LE CHŒUR DES CASTRIENS

(moins Duparquet)

— Certainement.,. Nous pensons

(1) Littré : populairement *Biset*, garde national qui fait un service sans porter d'uniforme.

tous... Nous sommes incapables...

DUPARQUET *(relevant le col de son paletot)*

— Mais....

LE PROCUREUR *(d'un air un peu bonhomme)*

M. le juré, vous ne m'avez pas compris.

MOI

— Il n'y a pas deux manières d'interpréter le terme dont vous vous êtes servi.

LE PROCUREUR *(d'un air moins bonhomme)*

— Je vous répète, M. le juré, que vous ne m'avez pas compris.

LE PRÉSIDENT *(venant au secours du procureur)*

— Messieurs les jurés, nous perdons un temps précieux ; l'heure est avancée, je vous prie de rentrer dans la salle d'audience.

IIᵉ ACTE — SCÈNE UNIQUE

(Elle se passe le 3 décembre, dans la salle du conseil, et au moment du tirage des jurés)

LE PROCUREUR *(en passant près de moi)*

—M. L., je voudrais vous dire un mot.

MOI *(le suivant dans l'embrasure de la croisée)*

— Volontiers, monsieur.

LE PROCUREUR DU ROI

— Monsieur L., vous m'avez réellement mis dans la nécessité de poursuivre le médecin.

MOI

— Vous le poursuivrez bien gratuitement, monsieur ; car je n'ai pu *dénoncer* le médecin puisque je ne connaissais pas le contenu de son certificat. Mes observations ne portaient et ne pouvaient porter que sur les traîtresses apparences de santé de M. Chabert.

LE PROCUREUR DU ROI *(d'un air rond)*

— M. L., je veux encore vous redire que vous m'avez d'autant moins compris hier, que je regarde votre conduite comme celle d'*un bon citoyen.*

MOI (*froidement*)

— M. le procureur du roi, cette parole arrive bien tard et est dite bien secrètement.

(On appelle MM. les Jurés)

ACTE III° — SCÈNE UNIQUE

(Elle a lieu le 3 décembre, dans la rue, la nuit, au sortir de l'audience

LE PRÉSIDENT DES ASSISES (*en m'abordant*)

— Je suis vraiment peiné de ce qui s'est passé, hier, entre vous et M. le procureur du roi.

MOI

Il me semble que dans tout cela, ce n'est pas moi qui suis le plus à blâmer.

LE PRÉSIDENT (*d'une voix hésitante*)

— Sans doute... Il a eu tort... — (*D'un ton charmant*) : — M. L., j'ai l'honneur de vous souhaiter le bonsoir.

MOI, SEUL, (*en regagnant mon gîte*)

Voilà un homme que l'on dit être un

hônnête garçon, et qui l'est réellement;
je le sais ; il a habité longtemps La
Châtre, et s'y est fait beaucoup aimer.
Ce qu'il vient de me faire entendre là,
en cachette, et dans l'ombre, est bien
la voix de sa conscience. Eh ! bien, il
aurait craint, je le parie, après ce qui
s'était passé, de m'aborder, en plein
jour, pour me demander simplement
de mes nouvelles. C'est que la bien-
séance trop circonspecte nous rend
parfois complices des malhonnêtes gens.

MORALITÉ

J'ai apporté, je le confesse, un peu
d'animosité dans ma conduite envers
le père Chabert. Mais, ma foi, à voir
les choses comme elles se passent, il
faudrait être plus qu'un ange pour garder, en toute occasion, son sang-froid.
Tout le monde ici, sait de reste, que
D., le procureur du roi et Chabert sont
les âmes damnées du député Muret.

Ces messieurs non contents de se distribuer des fragments de budget, se passent encore, à notre barbe, une infinité de menues douceurs. Un beau jour, le procureur aura dit au père Chabert :

— « Tiens, vous êtes bien bon, faites vous donc rayer de la liste du jury. »

— « Ma foi, vous parlez, ça ferait bien mes arrangements. »

— « Soyez tranquille, j'en fais mon affaire. »

En effet, cela vient à bien, sans que l'on ait l'air d'y toucher, et puis M. L. et bien d'autres font la besogne du père Chabert ; je vous demande un peu si cela n'est pas ridicule. Egalité devant la loi : sainte blague !

Chapitre XXI

Le Général Bertrand (1)

La dernière fois que je fus du jury, en décembre 1839, le général Bertrand en faisait aussi partie. Je me trouvai plusieurs fois à côté de lui et fus enchanté de son exquise politesse et de ses manières bienveillantes. J'admirais surtout la dignité simple et naturelle de sa tenue, de son ton et de sa parole. Tout révélait en lui l'homme de bon lieu, l'homme supérieur. Il revenait de la Martinique où il avait été témoin de l'affreux tremblement de terre qui venait de bouleverser cette malheureuse contrée, et j'écoutais avec un grand intérêt les détails qu'il voulait bien me donner sur cet affreux désastre.

(1) Le général Bertrand (1773-1844) suivit Napoléon Ier à l'île d'Elbe et à Saint-Hélène. Il ramena ses restes à Paris en 1840.

Quoiqu'avancé en âge, le général était
fort droit et bien conservé. Je remarquai surtout la blancheur de ses dents
bien rangées, qui me parurent intactes.
Vêtu d'une redingote bleue, sa mise
était d'une grande simplicité et d'une
propreté irréprochable. Il était grand,
sans embonpoint, et ses cheveux blancs,
rares sur le sommet de la tête, lui
seyaient tout à fait. Amédée qui était
depuis peu de temps au collège de
Châteauroux, et qui m'accompagnait
parfois à la salle d'audience, eut occasion de voir là, pour la première fois,
cet homme respectable. Lorsque je lui
eus dit que la personne qui venait de me
demander, après lui avoir mis la main
sur la tête, s'il était mon fils, n'était autre
que le général Bertrand, je vis l'admiration et le respect se peindre dans les
yeux de l'enfant, et je m'en réjouis,
car ce m'était une preuve qu'Amédée
avait l'instinct du grand et du beau.

11

Qui croirait que ce n'est que depuis
la révolution de juillet que les habitants de notre chef-lieu, qui semblent
de plus en plus s'encrasser de tout le
suint qu'ils enlèvent à nos laines, pour
les convertir en toisons d'or, ont osé
donner, à l'une de leurs rues, le nom
d'un homme dont le caractère honore
toute la nation.

Chapitre XXII

Chômage et Misère

Au mois de février 1840, je donnai
tous les peupliers du pré des Chenevières à ébrancher à *moitié*. Tiennet
Moreau et Landriche les entreprirent.
Tout compte fait, *abattage* et fagotage
accomplis, ces deux ouvriers ne se
trouvèrent gagner chacun qu'un franc
par jour. Ce qui est bien peu pour un
aussi rude métier.

Malgré cela, et par un froid des plus
rigoureux, mes ébrancheurs ont continué leur travail. Les pauvres diables
ne savent que faire ; ils n'ont point
d'autre ouvrage.

Nos pauvres ménageots sont bien à
plaindre cet hiver. Personne ne fait
travailler, l'année est trop dure et
monsieur de Némours prend bien mal
son temps pour se marier et nous

demander son *cochelin* (1). C'est en
vain que le journal des *Débats*, cher-
che à nous faire croire que, *dans un
bon système économique et financier,
les princes sont des manières de soleil
qui pompent la rosée des contribuables
pour la répandre ensuite en pluie
fécondante sur le peuple, par l'inter-
médiaire bien entendu de la cour;*
nous ne sommes pas encore assez habi-
les, à Cosnay, pour bien comprendre
cette métaphore.

A propos de ce mariage, Tiennet, à
qui je proposais les peupliers du pré
du château à ébrancher, aussi à moitié,
après ceux du pré des Chenevières, m'a
répondu :

—*Nout' monsieu, j'pourrons ben tout
d'même les prendre pus tard, mais faut
d'abord que j'cherchions à gagner
queuques sous, pour acheter nout'*

(1) Cadeau que reçoit un jeune marié dans
nos campagnes.

cuisse (1) ; *si j'avions nout' fornée assu-*
rée comme l'gas dont j'parlions tout à
l'heure, (c'était M. de Némours) *j'nous*
inquiéterions guère du reste.

————

(1) Le ménageot appelle ainsi une fournée de
pain ; il donne aussi ce nom à la petite pro-
vision de blé qu'il achète presque chaque
semaine. Cuisse vient de cuire, cuisson.

Chapitre XXIII

Disette et Troubles

Malesuada fames

Le 13 avril 1840, il était foire à Lignières, et la place où se vendent les céréales était encombrée d'une grande affluence de peuple se récriant avec chaleur contre la cherté du seigle dont le prix venait d'être porté à cinq francs le décalitre au lieu de quatre francs prix des marchés précédents. Le maire, M. Thibaudon, homme d'un grand âge, se transporta aussitôt sur le marché, accompagné du brigadier de gendarmerie. La présence de ces messieurs ne fit qu'accroître le mécontentement. Bientôt ils furent menacés, injuriés et frappés. Le maire fut poursuivi à coups

de pierres et de bâtons jusque chez lui.
On envahit sa demeure et la foule aveugle et furieuse en fit le pillage. Pendu-
les, glaces, meubles de toute espèce,
furent mis en pièces et lancés par les
croisées. Les greniers et les caves furent
visités ; le grain jeté au vent ; les ton-
neaux et les bouteilles défoncés et bri-
sés. Une femme, la fille du maire, étant
accourue pour le secourir, se trouva
bientôt elle-même en but aux insultes
et aux mauvais traitements de cette
tourbe sauvage.

Maintenant voyons un peu les causes
des choses. Tant que vous n'allégerez
pas les charges qui pèsent sur le peuple, tant que vous le tiendrez dans
l'ignorance, et surtout, tant que vous
ne chercherez pas à le moraliser,
vous aurez à craindre de sa part, ô
heureux de ce monde ! de semblables
accès de frénésie.

Des personnes dignes de foi et bien

informées, m'ont assuré qu'au moment
de cette sédition, M. Thibaudon, qui
jouit d'une trentaine de mille livres de
rente, avait chez lui plus de cinquante
mille écus en or, enfouis dans un lieu
secret. Certes, chacun doit être maître
de son pécule, petit ou gros ; mais
dans un moment de détresse générale,
est-il prudent, est-il humain, pour un
premier magistrat de commune surtout,
de ne rien distraire d'un pareil trésor
en faveur de tant de pauvres diables
qui ne demandent que du travail ?

Il est aisé de juger, par l'impression
qu'a faite dans le pays l'évènement de
Lignières, que la société d'aujourd'hui
ne réprouve pas moins le mauvais
riche que le prolétaire pillard. En effet,
si tout le monde a énergiquement flétri
cette scène de dévastation digne du
moyen âge, d'un autre côté, il faut le
dire, on ne s'est que médiocrement
apitoyé sur le sort de M. Thibaudon.

— Si ce monsieur, disait-on, avait
consacré une faible partie de son or à
procurer du travail à tous les nécessi-
teux de sa commune, la tranquillité de
Lignières n'aurait probablement pas
été troublée. Quel propriétaire n'a pas
en tête vingt projets d'amélioration ou
d'embellissement qu'il arrière d'une
année à l'autre ? C'est dans d'aussi
malheureuses circonstances, qu'il est à
propos de les faire exécuter. Mais M.
Thibaudon est du nombre de ces propriétaires, grands terriens, si communs
dans nos contrées, qui croient avoir
noblement rempli leur rôle d'homme,
et s'être acquis une haute considération,
lorsqu'ils ont deux ou trois fois l'an,
dirigé sur Sceaux ou Poissy quelques
bandes de bœufs gras. Braves gens, qui
se ruinent parfois à engraisser des
bestiaux et qui se préoccupent à peine
de soulager des frères amaigris par la
faim. Hommes intelligents, qui passent

leur vie à pincer la côte d'un bœuf et
à lui mettre le pouce dans l'ânus et
qui sont assurément plus fiers d'avoir
fourni un *bœuf-villé* au chef-lieu de
leur département que s'ils avaient scul-
pté le fronton du Panthéon ou noté la
partition de Robert-le-Diable.

Ces riches égoïstes et stupides ne
ressemblent pas mal à un fou qui vien-
drait, en temps de famine, s'asseoir en
pleine place publique, sur un énorme
tas de miches et qui dirait au peuple
affamé :—« Ces miches sont mon bien,
je ne veux pas que vous y touchiez. Je
sais bien que j'en ai plus qu'il ne m'en
faut, et que vous n'en avez point du
tout ; c'est égal, vous n'avez pas le
droit d'y porter la main ; tant pis pour
vous si vous mourez de faim ! »

L'autre jour, sur le marché de La
Châtre, de misérables femmes, encou-
ragées sans doute par les brigandages
de Lignières, criaient aussi, à cause de

la cherté des grains, et parlaient déjà
de faire une ascension dans les greniers de MM. tels et tels. Le père Daru
qui est affligé d'au moins quarante
mille livres de rente, dont il répondra
infailliblement devant Dieu, se prit
bénoîtement à dire en apprenant ces
propos :

— « Ma foué ma loué ! (pour ma foi
ma loi.) S'il y a du mal, ce sera sur
moi qu'il tombera tout d'abord, je m'y
attends ben. Ma foué ma loué ! Je n'ai
rien à me reprocher ; d'ailleurs j'ai ben
fait mon temps, arrive ce qu'il pourra.»

Voilà j'espère une noble résignation
de la part d'un millionnaire qui, en ces
temps de détresse, donne deux liards
à chaque pauvre qui se présente à sa
porte. (Historique).

J'apprends à l'instant, par mon
journal, que M. Thibaudon vient de
recevoir la croix de la Légion d'honneur.
Parmi les 123 défenseurs de Mazagran,
il n'y en a que cinq qui l'aient obtenue.

Chapitre XXIV

Famine — Humanité — Un rapprochement

Ces jours-ci, M. Thabaud-Linetière assurait, devant plusieurs personnes réunies à la préfecture de Châteauroux, que beaucoup de malheureux, aux environs d'Issoudun, se répandaient, la nuit dans les champs, déterraient les morceaux de pomme de terre qu'on y avait déposés comme semence, et les emportaient chez eux pour les manger.

***

Depuis plusieurs marchés, me disait l'autre jour un aubergiste de Châteauroux, un homme d'affaire de M. de Barbançois (l'un de nos candidats à la députation) amène du blé sur notre place.

— « Combien croyez-vous, en conscience, que ce blé peut valoir ? » dit-il,

à ceux qui se présentent pour s'appro-
visionner.

— « Cent quatre, cent cinq sous, »
répondent les acheteurs.

— « Eh bien ! Je vous le donne à
cent sous », reprend l'homme d'affaire. »
Ces pauvres diables sont on ne peut
plus reconnaissants de ce procédé.

Il est si doux de faire le bien que
l'on est tout étonné de voir si peu de
riches chercher à se faire pardonner
leur fortune par le pauvre. Ils le pourraient à si bon marché.

* *

En 1360, Guillaume de Barbançois,
seigneur de Sarzay, à la tête de quarante lances, entrait à La Châtre en
vainqueur et en chassait les Anglais.

En 1839, Léon Formose, marquis de
Barbançois, entrait à La Châtre en sol -
liciteur (1), et en était chassé par
Muret, drapier limouseau qui com-
mandait la place.

_____

(1) Comme candidat à la députation.

Chapitre XXV

Aubrun l'entêté

Dernièrement, à La Châtre, le vieux docteur Bernard plaidait contre son vigneron, le père Aubrun, et l'accusait de lui avoir volé des charassons (échalas). — Daiguzon présidait la séance.

— Est-il vrai, disait-il à Aubrun, que vous ayez détourné à votre profit des charassons appartenant à M. Bernard ?

AUBRUN

— Non, mon cher monsieu, c'est pas vrai ! Par exemple, c'est ben vrai qu'à plusieurs reprises, du vivant d'vout' mère, M. Bernard qui était son voisin de vigne, m'a dit comme ça : — Tu peux ben prendre des charassons dans la vigne de mame Daiguzon, la vieille bougresse nous en vole ben assez. »

DAIGUZON

— Aubrun, faites attention à ce que vous dites !

AUBRUN

— Ah ! j'dis la pure vérité, mon cher monsieu Daiguzon.

DAIGUZON

— Vous avez affaire ici, au président du tribunal, et non à M. Daiguzon ; entendez-vous, Aubrun ?

AUBRUN

— Ah ben ! par exemple ! vous étez pas monsieu Daiguzon, vous ? Oh ! j'vous counais ben, allez ! Ceux messieux qui sont là : m'sieu Fleury, m'sieu Dutheil, m'sieu Planet, vous connaissent ben arrié (aussi). Pas vrai messieux que.....

DAIGUZON

— Taisez-vous, Aubrun.

AUBRUN (à demi-voix et en hochant la tête)

— Oh ! si, ma grand foué ma loué ! vous étez monsieu Daiguzon.

Chapitre XXVI

La soupe aux souliers

Dans un de mes fréquents voyages à Guéret, je me trouvais un beau matin chez Mme Marchibaut, aubergiste à Genouillat, et là, en attendant que mon cheval eut mangé l'avoine, j'assistais avec une admiration mêlée d'effroi au déjeuner d'un jeune marchois, maçon de son métier, qui quittait le pays pour aller faire sa première campagne.

On lui avait servi une énorme et bouillante écuellée de soupe aux raves qu'il avalait avec un sang froid d'autant plus phénoménal que les bulles rapides du calorique occasionnaient, en se dégageant, une véritable tempête sur la surface et dans l'atmosphère de la gamelle, et qu'on entendait distinctement bouillonner la portion de potage

déjà absorbée dans les profondeurs
gastriques du consommateur.

Tout à coup, notre intrépide man-
geur s'arrête. Il vient de soulever, au
bout de sa cuillère, un ingrédient de
forme étrange qui, même en Marche,
où l'on n'est pas difficile, n'entre, d'ordinaire, dans le condiment d'aucun
ragoût.

Vérification faite, ce n'est autre chose
que l'un des souliers de la petite fille
du logis, un peu déformé par l'usure
et les nombreux bouillons qu'il a courus.

Cependant le maçon s'était tranquillement tourné du côté de Mme Marchibaut, et tout en lui montrant la pan-
toufle emmanchée dans sa cuillère,
l'avait interpellée de la manière suivante :

— Dites donc, la bourgeoise, voilà
qui n'en est pas, j'espère ?

— Ah, sainte Vierge ! s'écria l'hôtesse
toute confuse, c'est le soulier de la

12

Cécile qu'elle aura laissé tomber dans la marmite ; excusez donc, allez mon ami, cela n'est pas propre.

— Ça n'est pas tant que ça n'est pas propre, reprit stoïquement le brave jeune homme, mais c'est que ça tient de la place.

Cela dit, il dépêcha lestement ce qui restait dans l'écuelle, paya son écot, non sans s'être fait tenir compte du déficit que la présence fortuite du soulier avait occasionné à sa ration, et partit.

Chapitre XXVII

Une Rouerie électorale

Député de la race bovine, chevaline, asine,
Député de tout, excepté de la France...,

(Cormenin. *Etude sur Mirabeau*)

C'était un samedi du mois de novembre 1841, et la scène se passait dans la salle de la mairie, entre le sieur Garaud, électeur et fermier à St-Chartier et Charles Delavau, maire de La Châtre.

GARAUD

— Ah ! M. Delavau, je suis bien aise de vous rencontrer. J'ai reçu ces jours-ci une lettre où l'on me demande mon avis sur plusieurs questions relatives à l'introduction des bestiaux étrangers en France, et je vous avoue que je ne sais trop que répondre.

M. DELAVAU

— Pourtant, un habile nourrisseur

comme vous devrait savoir à quoi s'en
tenir sur une matière qui touche d'aussi
près à l'agriculture ; surtout après les
débats soulevés par cette question dans
les feuilles publiques et au sein des
conseils généraux. — Mais veuillez me
montrer cette lettre.

GARAUD *(embarrassé)*

— Je ne sais... Je crains de l'avoir
oubliée... *(il sort plusieurs papiers de
sa poche).* Je l'aurai...

M. DELAVAU *(touchant du doigt l'un de
ces papiers que Garaud tenait à la
main) :*

— Tenez, c'est certainement là la
lettre que vous cherchez, je reconnais
l'écriture de M. Muret, notre député.

Garaud, un peu confus, déploie la
lettre, et tout en faisant des efforts
incroyables et vraiment méritoires
pour en déchiffrer le contenu ; il s'en
prend à sa vue qui est excellente ; il
s'en prend au papier qui est un chef-

d'œuvre de Bath ; il s'en prend même,
le sacrilège (à quoi ne nous pousse pas
l'amour propre aux abois), il s'en prend
même à la cursive fort nette de notre
grand économiste ; mais après avoir
maudit pour la centième fois

> l'art ingénieux
> De peindre la parole et de parler aux yeux,

il est forcé de remettre la malencon-
treuse missive à M. Delavau.

Ce n'était autre chose qu'une de ces
encycliques éhontées par lesquelles nos
députés ministériels réchauffent périodiquement le zèle intéressé de leurs
compères électoraux.

Dans celle-ci, et à propos de l'introduction en France des bestiaux étrangers, M. Muret semblait s'occuper avec
une sollicitude toute paternelle des
intérêts agricoles du pays. Il avait l'air
de ne pas s'en rapporter, le modeste !
à ses propres lumières et faisait un
appel candide à tous les tristes lam—

pions dont il reverbère si parfaitement
la splendeur.

Il connaissait ses gens, il n'ignorait
pas qu'un envahissement de notre
frontière par la race bovine étrangère,
les mettrait plus en émoi qu'un déluge
de soldats russes et prussiens débor-
dant dans nos campagnes. Aussi, ces
braves citoyens donnaient-ils en plein,
pour la plupart, dans l'impudent pan-
neau que leur tendait notre rusé Sbri-
gani, et s'ingéniaient-ils à qui mieux
mieux, bonnes gens ! pour sortir d'em-
barras leur excellent tuteur politique.
Mais, hélas ! Bien peu étaient capables
d'agiter la question bovine, et le plus
grand nombre eut été fort embarrassé
de dire par quels points de l'horizon
les vaches suisses et les bœufs ger-
maniques pourraient pénétrer en
France.

C'était évidemment de la terreur au
petit pied que faisait là le Solon limou-

seau. (1) « Je m'en vais, s'était-il dit,
les effrayer un peu, ils se réfugieront,
comme toujours, dans mes bras ; j'aurai encore une fois la gloire de les sauver et ma réélection sera certaine.»

Delavau n'eut pas de peine à percer
le mystère de cette grosse rouerie, et
il allait, par pure bonté d'âme, venir
en aide au sieur Garaud, lorsqu'il s'a-
perçut que la lettre avait un *post-scrip-*
tum ; or, il n'ignorait pas que le post-
scriptum d'un député corrupteur n'est
pas moins réfléchi, moins calculé que
celui d'une coquette et que tous les
deux concentrent là leurs séductions
les plus irrésistibles.—Il ne put résister
à la tentation d'y jeter les yeux.

— « Mon cher M. Garaut, y était-il
dit, si dans le courant de cette année,
vous aviez éprouvé quelque perte de
bestiaux (délicat à-propos), veuillez
m'en informer ; je me ferai un vrai

(1) M. Muret était originaire de Limoges.

plaisir de solliciter auprès du gouvernement, l'indemnité à laquelle vous
avez droit.»

Admirez un peu quel tact ! Le madré
député sait que le sieur Garaut est au-
dessus d'un bureau de tabac par sa
fortune, et au-dessous d'un bureau de
poste par son peu d'aptitude aux lettres ; alors il imagine tout naïvement
de lui offrir le remboursement du prix
des charognes que le fermier a pu
jeter à la voirie.

M. Delavau n'y tint pas ; il rendit
froidement la missive au sieur Garaut
et se contenta de lui dire :

— « De tous les renseignements que
M. Muret vous demande, il n'y en a
réellement qu'un dont il puisse avoir
besoin, c'est celui qu'il réclame à la fin
de sa lettre et vous seul êtes à même
de le lui fournir. »

Garaut comprit et n'en demanda pas
davantage.

Chapitre XXVIII

Des chèvres et de M. Muret

De même que les anciens sacrifiaient un bouc à Bacchus, de même nos neveux sacrifieront un Muret à la liberté.

Entre les manies trop nombreuses auxquelles je suis sujet, je m'en reconnais deux capitales : l'une, de fulminer sans cesse contre les chèvres ; l'autre, d'anathématiser à tout propos, et bien vainement hélas ! contre le député Muret. Je prierai même, en passant, les personnes devant lesquelles j'ai le plus rabattu ces deux thèmes de vouloir bien me pardonner l'ennui que j'ai dû leur causer.

Cela dit, je n'en prouverai pas moins, par un passage du *mémorial de Ste-Hélène,* que mon opinion sur les chèvres était partagée par le plus grand homme des temps modernes :

« Napoléon, dans ses premières années, dit M. de Lascases, déclamait
constamment contre les chèvres qui
sont nombreuses dans l'île de Corse et
causent de grands ravages aux arbres.
Il voulait qu'on les extirpât entièrement. Il avait à ce sujet des prises terribles avec le vieil archidiacre son oncle
qui en possédait de nombreux trou-
peaux et les défendait en patriarche.
Dans sa fureur, il reprochait à son ne-
veu d'être un *novateur* et accusait les
idées *philosophiques* du péril de ses
chèvres. »

Quant à ma manière de penser sur
notre député, pas n'est besoin, je crois,
de démontrer qu'elle m'est commune
avec une foule de gens honnêtes et
sensés.

Toutefois, et pour montrer que la
passion ne m'aveugle pas, et que j'ai
tout le désir possible de m'amender,
je conviendrai franchement :

1° Que si une chèvre est souvent le fléau de tout un canton, elle n'en rend pas moins quelques services à la personne qui profite de son lait.

2° Que si Muret compromet les plus chers intérêts de son pays, comme député, il ne laisse pas, sous ce rapport, d'être quelque peu utile à... sa manufacture.

CHAPITRE XXIX

Le pont de Cosnay

En 1840, les habitants de Cosnay, voyant leur pont dans le plus mauvais état, entreprirent de le réparer eux-mêmes ; mais après une quarantaine de journées passées à ce travail, ils s'aperçurent que la tâche était au-dessus de leurs forces. Alors ils s'adressèrent, par mon entremise, au conseil municipal de Lacs qui ne tint aucun compte de la réclamation.

L'année suivante, un nommé Cochard, garde-champêtre de la commune, jeta sa pique et sa plaque aux orties, et s'en fut je ne sais où ; je profitai de la circonstance, pour demander au préfet, par pétition collective, que l'on appliquât à la restauration de notre pont 125 francs provenant du traitement voté pour le susdit garde et qui se trouvaient sans emploi par suite de son départ. M.Busseret,notre maire,aidant, la demande fut accueillie.

On nous envoya peu après un polonais, ingénieur voyer, qui, après avoir bien déjeuné à la maison, se mit à examiner les lieux, à prendre ses mesures et à dresser ses plans. Ce cher monsieur aurait désiré, sans doute par reconnaissance du bon accueil que je lui avais fait, doter la commune d'un pont modèle et au meilleur marché possible ; mais il avait beau s'ingénier, son devis dépassait toujours du double, du triple, nos faibles ressources.

Quant je vis cela je priai le maire de m'abandonner la direction des travaux, me faisant fort, avec les 125 francs, et les journées de prestation des gens du village de confectionner une œuvre capable d'immortaliser son *mairat*. Le bonhomme se confia à mon génie et vraiment il n'eut pas lieu de s'en re-

pentir, car je puis m'écrier, à l'heure
qu'il est : *Exegi monumentum, etc.*

On travailla au pont, sans interrup-
tion, durant six semaines. Quatre-vingt-
deux journées de prestation et vingt
journées payées, suffirent à l'achève-
ment de cet admirable monument.

J'achetai chez le carrier voisin :

1° Cinq monolithes de trois pieds et
demi de hauteur, sur trois pieds de
largeur et un pied et demi d'épaisseur,
à huit francs la pièce, pour faire les
piles du pont.

2° Deux dalles de six pieds de longueur sur trois pieds de largeur, à
neuf francs la pièce.

3° Deux dalles de quatre pieds et
demi de longueur sur trois pieds de
largeur, à cinq francs la pièce.

4° Une dalle de six pieds et demi de
longueur sur quatorze pouces de largeur, à un franc quatre-vingt centimes.

Mon fermier, Sylvain Bonnin, four-

nit généreusement, à ses frais, une
dalle de sept pieds de longueur, sur
trois pieds de largeur ; et le tout servit
à couvrir les arcades.

Pour manier, hisser et placer ces
énormes masses, j'eus le bonheur de
rencontrer en Chartier-Langlois, charron, un ingénieur formé par la nature,
qui, en cette circonstance, déploya plus
d'adresse que n'en auraient montrée
bien des nourrissons des Ponts-et-
Chaussées. Il inventa une machine fort
simple qui ne laissait aucun risque à
courir aux ouvriers qui l'aidaient à
élever les dalles sur les piliers. Et je
dois déclarer ici, que pour avoir si
habilement mis à exécution la grande
idée que j'avais conçue, Chartier-Langlois, dit Chartot, doit partager au
moins par moitié, la gloire de l'entre-
prise, ainsi que le tribut de reconnaissance et de bénédictions que le village
de Cosnay ne manquera certainement

pas de prodiguer, dans la suite des
siècles, aux fondateurs de ce monument
d'un caractère vraiment pélasgique.

J'ai buriné de ma main, sur le plus
gros des piliers, le millésime de cette
immortelle fondation ; mon intention
était d'y inscrire le nom de Chartier-
Langlois ; la crainte de m'enrhumer, à
cause de la fraicheur du lieu, a pu
seule m'en empêcher.

Tant qu'ont duré les travaux, je me
suis toujours trouvé le premier, au
soleil levant, sur le chantier ; ne ces-
sant, toute la journée, d'activer, d'encourager les travailleurs ; dispensant
les éloges, employant les réprimandes
d'une façon convenable, et mettant au
besoin la main à l'œuvre. — On voit
que dans mon rapport je suis la mé-
thode du maréchal Bugeaud. C'est la
bonne ; on s'achemine ainsi commodé-
ment, sans aide et sans compère, à la
postérité.

Mais revenons. — Pour faciliter
l'exécution de ce grand dessein, nous
avions détourné l'Igneray et l'avions
fait passer par la fausse rivière.

Tout le monde, riche et pauvre, se
prêta à cette grande restauration et fit,
selon ses facultés, plus ou moins de
sacrifices ; il n'y eut que l'apothicaire
Achard, possesseur de l'un des domaines de Cosnay, qui n'y voulut coopérer
en rien ni pour rien. Que la postérité
le sache.

Chapitre XXX

Pierre Lancelot

En décembre 1840, est mort le vieux Lancelot de St-Christophe-en-Boucherie. Il était né en 1769. Cet homme était un de ces richards millionnaires que notre révolution avait enrichi. Il était électeur orthodoxe, votant pour Muret ; aussi a-t-il été glorifié par le journal préfectoral de l'Indre. A propos des affaires d'Orient, il disait à Delavau son médecin, et à ses derniers moments :

— « En 1814, *le bœu* valait 22 sous la livre ; si la guerre éclatait, il pourrait encore revenir à ce prix. »

La guerre n'était donc pas à craindre.

Il avait l'habitude de dire qu'on ne pouvait vivre à Paris à moins de 20,000 livres de rente. Il avait entendu dire cela, le brave homme, par quelque

riche faquin et il le répétait bêtement,
car il savait autant ce que c'était de
vivre à Paris que de vivre en Chine.

Nous avons dans nos contrées une
foule de parvenus pareils à ce M. Lancelot. Avant la Révolution qui a fait
leur fortune, ils étaient domestiques
ou hommes d'affaires de grandes maisons, tels que les P., les T. de Lignè-
res, les C., etc., etc. Ce qui ne les
empêche pas aujourd'hui de renier leur
bienfaitrice, de crier à 93, et de dire
que tous les républicains sont des *communistes* et des buveurs de sang.

APPENDICE

CHAPITRE Ier

Eugène et Guillaume ou l'homme cuit

Aux alentours de 1830, vivait à La Châtre, une génération d'élite. Dans un cercle de jeunes femmes aimables et charmantes, brillait tout un groupe de jeunes hommes sérieux et gais, énergiques et spirituels, aux idées avancées, aux aspirations patriotiques et généreuses. De bons, de vrais intellectuels.

L'harmonie la plus grande régnait dans cette société choisie où, si l'on savait excellemment penser, parler, agir, on ne dédaignait pas du tout les occasions de rire et de bien s'amuser. Les réunions étaient fréquentes ; on se donnait parfois des dîners et, même,

on jouait la comédie. Pour cela, on ne
recourait pas toujours aux pièces en
vogue du répertoire. Sans prétention
et tout en se jouant, on avait tôt fait
de créer une pièce de circonstance,
pétillante d'allusions à la chose locale
et aux préoccupations du moment. —
Voici une de ces spirituelles bluettes.
Elle offre ceci de particulier, que la
baronne Dudevant, jeune femme alors
et pas encore George Sand, y remplissait le principal rôle.

EUGÈNE ET GUILLAUME

ou

L'HOMME CUIT [1]

―――――

Représenté pour la première fois et la dernière, selon toutes probabilités, chez M. Duvernet, le 22 mars 1827.

PERSONNAGES :　　acteurs

Eugène MOUTARD	*
GUILLAUME, frère d'Eugène	*
LOISEAU, employé d'Eugène.....	*
PILLAUD, paysan au service d'Eugène...	*
M™ GAUTHIER, pâtissière ..:.....	*
MANETTE, fille de M™ Gauthier.	M™ DUDEVANT
VERMILLON } personnages muets,	
PETIT　　} amis d'Eugène.....	

La scène se passe à La Châtre chez Mme Gauthier, 1er acte.

Et au Moulin-à-Vent, IIe acte (2).

―――――

(1) Par l'auteur de ces scènes et tableaux, M. L., et son ami J. N. de la page 97.

(2) Nom donné, dans sa partie qui avoisine la ville, à une jolie route allant à Argenton. Il s'y trouvait un moulin à vent, près duquel était un restaurant où se donnaient des fêtes.

ACTE Ier

Scène Ire

Mme GAUTHIER, MANETTE

Mme GAUTHIER

Est-ce qu'une enfant de votre âge
doit songer au mariage ?

MANETTE

Mais maman, j'aurai seize ans aux
vendanges.

Mme GAUTHIER

C'est égal, Mlle, vous n'êtes pas encore assez mûre. D'ailleurs votre M.
Eugène est un ambitieux, et qui pis est
une mauvaise tête. Il a déjà mangé la
moitié de son bien à distiller des pommes de terre, et je vous dis moi, que
sa voiture à vapeur le conduira droit à
l'hôpital.

MANETTE

Oh ! Bah ! maman, ce sont ses en-
vieux qui font courir ces bruits-là.

Mme GAUTHIER

Je sais de plus qu'il a tenu des propos sur les Gauthier. Ah ! Dieu, des
propos, mais des propos !...

MANETTE

Allons, maman, des patouillages (1),
je le parie.

Mme GAUTHIER

Il a dit à M. Roquet, pas plus tard
qu'hier, ce n'est pas vieux, qu'il n'é-
tait pas fait pour s'allier à une famille
de mitrons. C'est y assez fort ça ?

MANETTE *(en pleurant)*

(AIR : *J'étais bon chasseur autrefois*, ou :
daignez m'épargner le reste)

Toutes nos miches ont le poids,
J'somm' bien avec le commissaire ;
Avec ça l'on peut bien, je crois,
Des méchants braver la colère.
Il est temps de me marier,
Ah ! maman, rendez-moi justice !
Parc'que j'suis fill' d'un pâtissier *(bis)*
Faudra t'y toujours que j'pâtisse.

(1) Patouillages : en Berry, commérages,
cancans.

Mᵐᵉ GAUTHIER

Pâtisse ou ne pâtisse pas, ça m'est égal, mais ne fais pas de brioches. — Si au lieu de t'amouracher de ce muscadin, tu t'étais laissé fréquenter par M. Guillaume son frère, ce bon, cet honnête, ce sensible épicier, on n'entendrait pas des cancans aussi mortifiants pour notre maison... Ah ! mais voilà qui est drôle, quand on parle du loup, on en voit la tête.

Scène II

Mᵐᵉ GAUTHIER, MANETTE, GUILLAUME

Mᵐᵉ GAUTHIER

Bonjour M. Guillaume.

GUILLAUME *(soupirant par intervalle)*

Bonjour mes voisines. Eh ! mon Dieu ! Mlle Manette, comme vous avez

les yeux rouges. Pourrait-on vous
offrir un bâton de sucre d'orge ; ça
vous ferait prendre vos petits chagrins
en douceur. Je vous assure moi, —
tous les Moutard étaient faits comme
ça, — que j'ai les yeux malheureusement très secs. Je ne me souviens pas
d'avoir jamais pleuré, si ce n'est peut-
être du temps que j'étais en nourrice.
Mais ce défaut d'organisation, je l'ai
racheté par tant de soupirs, que je
crains d'en avoir la poitrine affectée.
Ah ! Mlle Manette, combien de milliers,
de milliards j'en ai fait partir à votre
adresse.

Mme GAUTHIER

M. Guillaume, la sensibilité vous tue.

GUILLAUME

Quand on possède un cœur, et c'est
le cas le plus ordinaire, il est bien
naturel de le sentir battre.

Mme GAUTHIER

Mais, mon voisin, j'oubliais de vous

demander ce qu'on peut pour votre
service, car à vous voir si brave, j'imagine que vous avez du monde à
régaler.

GUILLAUME

Comme vous dîtes, Mme Gauthier,
je viens d'obtenir la fourniture de nos
six réverbères, dont cinq à quatre
becs, et j'ai cru dans les procédés de
donner à cette occasion une petite fête
champêtre à tous mes amis. Nous
devons tous nous réunir au Moulin-à-
Vent. En conséquence de quoi Mme
Gauthier, je vous demanderai une 1/2
douzaine d'échaudés pour ajouter aux
rafraichissements que je prépare à ma
compagnie.

Mme GAUTHIER

C'est sûrement une bonne aubaine
que la fourniture des réverbères, mais,
M. Guillaume, ça va vous faire quelques ennemis. L'autre jour, le père
Bobèche, ce vieux marchand de lanter-

nes de dessus de Pavé (1), disait à M.
Gauthier : que ça ne prendrait pas,
parce que ça ne pouvait pas prendre !

GUILLAUME

(AIR : *Du Dieu des bonnes gens*)

Rassurez-vous, à tout je ferai face,
Les ferblantiers auront beau m'assaillir ;
Environné de l'éclat de ma place,
Ils chercheront en vain à le ternir.
Pour me venger, mes brillants réverbères,
Comme Apollon fit à ses détracteurs,
Épancheront des torrents de lumières
Sur ces blasphémateurs. *(bis)*

Ça ira bien, allez, Mme Gauthier.
Tout cela n'est rien. — Il me reste
encore à vous apprendre un fameux
évènement.

Mme GAUTHIER

Quel quartier que le nôtre ; tous des
jours des nouvelles !

GUILLAUME

Non, c'est des choses qui ne se disent
pas, je me sens trop ému. Tenez, lisez
moi ça, Mme Gauthier, sans vous arrêter.

(1) Le Pavé, nom d'un quartier situé au cen-
tre de la ville de La Châtre.

Mme GAUTHIER

L'écriture est mauvaise.

GUILLAUME

(A part.) La bonne femme ne sait pas lire. (haut) Ecoutez-moi bien. — Mlle Manette, laissez-là votre sucre d'orge, vous entendrez mieux :

« M. Guillaume, instruit de votre
» excellente réputation et de votre
» conduite chrétienne tant dans l'église
» que dehors, j'ai l'honneur de vous
» annoncer votre nomination aux fonc-
» tions respectables de marguillier. »

Voyez la signature. En conséquence de quoi, Mme Gauthier, je venais vous dire que je compte employer tout le crédit que me donne ma place, pour vous obtenir la fourniture du pain bénit.

Mme GAUTHIER (faisant une immense révérence)

M. Guillaume vous êtes un véritable ami, un ami comme ils sont rares de

nos jours. (à Manette.) Manette tu
seras sa récompense.

Quoi, vous me donnerez pour un
pain bénit, maman ?

Rassurez-vous, Mlle Manette, je ne
veux de votre main, qu'autant qu'elle
me sera présentée par votre cœur.
Vous riez ; je ne m'exprime peut-être
pas très bien ? C'est égal, je suis bon enfant : je puis faire une mauvaise phrase,
mais une mauvaise action, jamais !
(se tournant vers Mme Gauthier.)Quant
à vous, ma commère, si vous croyez
m'avoir quelqu'obligation, j'en suis
enchanté, car je viens vous prier de me
rendre un petit service.

(A part) Aïe ! (Haut) M. Gauthier est
un peu gêné pour le moment.

Dieu merci, Mme Gauthier, ce n'est

pas à votre argent que j'en veux ; je viens vous prier conjointement avec Mlle, d'embellir de vos présences la petite fête champêtre que je donne ce soir au Moulin-à-Vent.

Mᵐᵉ GAUTHIER *(prenant un air riant)*

Vous êtes bien honnête, voisin ; vous pourrez disposer de ma fille et de moi toute la soirée.

GUILLAUME

C'est un garçon qui régale, dame ! Il n'y est pas malin ; je demanderai surtout un peu d'indulgence pour la fricassée, quant à la salade, j'en réponds. Mlle Manette, vous n'aimez pas la viande, c'est vous qui mangerez le chapon. Le goûter fini, je vous ménage la surprise d'une vielle et d'un crincrin et, lorsque nous aurons épuisé tous les plaisirs que l'imagination peut supposer, je vous fais rentrer dans la ville sous une voûte de lumières ; car c'est

aujourd'hui que M. le Maire doit essa-
yer mon huile.

(AIR : *Aussitôt que la lumière*)

Aussitôt que de ses voiles
La nuit obscurcit les cieux,
Voyez-vous mes six étoiles
Lever leur front radieux :
Sous leur clarté bienveillante,
L'enfance prend ses ébats,
Et la joyeuse servante
S'en vient tricoter son bas.

S'élançant à la portière
Le voyageur de Guéret, (1)
Dit : c'est extraordinaire !
Ah ! mon Dieu, qu'est-ce que c'est ?
Se croyant un personnage,
Il ouvre un œil ébaubi,
Et pense qu'à son passage
On illumine aujourd'hui.

Les amours couraient les rues,
Ça n'était pas trop décent :
Ces nocturnes entrevues
Scandalisaient le passant ;
Cependant mes six étoiles
Troubleront peu leur repos ;
Si la nuit n'a plus de voiles,
Les amants ont leurs manteaux.

Lorsque le grand réverbère
Pour Moutard ne luira plus,
Ses amis diront, j'espère,
En songeant à ses vertus :
Des préjugés de nos pères
Il voulut se garantir,
Loin de souffler les lumières
Il sut les entretenir.

(1) A cette époque les voyageurs de Guéret
allant à Paris ou dans la direction, passaient
tous en voiture par La Châtre.

Adieu voisines, à ce soir, je cours faire préparer le fricot. Quand tout sera cuit, le petit Loiseau passera vous prendre.

Scène III

Mme GAUTHIER, MANETTE

Mme GAUTHIER

Ce M. Guillaume est un bon enfant, tiens, Manette ; il est de la pâte dont on fait les bons maris, je m'y connais ; ça ne dit jamais un mot plus haut que l'autre, pas même à un enfant. Ça ne court pas comme tous les garçons de son âge ; c'est tranquille, ça n'est point remuant... Eh bien, Mlle, vous vous amusez à casser des noisettes, et vous ne m'écoutez pas ?

MANETTE *(en mangeant sa noisette)*

Si maman, vous dites que ça n'est pas remuant.

14

Mᵐᵉ GAUTHIER

Qui ?

MANETTE

M. Guillaume, pardi !

Mᵐᵉ GAUTHIER

A la bonne heure... Manette, veux-tu me faire un grand plaisir ?

MANETTE

Tu sais bien que je ne demande pas mieux.

Mᵐᵉ GAUTHIER

Eh bien, ma p'tite, épouse M. Guillaume, il t'aimera bien, de ton côté tu finiras aussi par l'aimer, j'en suis sûre.

MANETTE

Ah ! maman ! Tu ne veux pas me faire mourir.

Mᵐᵉ GAUTHIER *(l'embrassant)*

Pauvre enfant !.. Va, on ne meurt pas d'ça, j'en suis bien la preuve : *(Elle soupire).* M. Gauthier, lorsque je l'épousai, n'avait rien de brillant. Il était alors ce qu'il est aujourd'hui, à

quelque chose près. Il se donnait pour
ce qu'il était et me faisait la cour en
bonnet de coton, tout bonnement,
comme ça se pratiquait dans ce temps-
là ; on n'en cherchait pas si long qu'à
présent. Final, ton père vint un beau
matin me demander en mariage. J'étais
un peu fière de l'éducation que m'avait
donnée la bonne Cati, la gouvernante
de not'curé d'alors. Je fis la mijaurée,
comme tu fais aujourd'hui ; j'm'rendis
pourtant, quoique l'pauvre Gauthier
n'me r'vint guère. J'fus sa femme, je
m'fis à son humeur, i s'fit à la mienne
et les choses fur' à merveille ; si ben
qu't'es aujourd'hui de c'monde.

MANETTE

C'est ben dit ma mère, mais j'crois
pas que j'prenne aussi vite mon parti
qu'vous, sur tout ça.

Mme GAUTHIER

Vous n'en savez rien p'tite sotte, moi
j'espère que la raison vous viendra. En

attendant faites un bout de toilette
pour aller au Moulin-à-Vent.

MANETTE

Ne t'fâche plus après moi maman ;
j'vais aller m'attifer : Le Moulin-à-
Vent ! C'est joli par là, maman : as-tu
vu tous ces petits jardins qu'on a faits
sur la route ?

Mme GAUTHIER *(sérieusement)*

Oui, Mlle, je les ai vus.

MANETTE

Est-ce joli tout ça ?

Mme GAUTHIER *(toujours sérieusement)*

Oui, Mlle, c'est joli. J'espère que
vous n'y êtes jamais entrée ? (1)

MANETTE

Oh ! ma mère, jamais !.. une fois
cependant, dans celui de M. Lorent.(2)

Mme GAUTHIER

A la bonne heure !.. Ne vous avisez

(1) Sur la route du Moulin-à-Vent, il y avait
un certain nombre de charmants jardins avec
pavillons, dont beaucoup appartenaient à de
jeunes et riches célibataires de la ville.
(2) M.Lorent, très vieux célibataire de la ville

pas de mettre le pied dans les autres :

(AIR : *Que j'aime les ombrages frais*)

De nos jeunes gens d'à présent,
L'âme, dit-on, sensible et pure
Ne veut puiser le sentiment
Qu'au sein de la simple nature.
Vous les voyez, dès le matin,
Rivaux du papillon volage,
A la giroflée, au jasmin
Offrir leur innocent hommage.

Chacun par son goût est séduit,
Chacun a sa fleur favorite;
L'un aime les belles de nuit,
L'autre soigne la marguerite.
Mais si l'on en croit les propos,
Ah ! que d'histoires scandaleuses !
Va, l'on voit moins dans leurs enclos
De jardiniers que d'héserbeuses. (1)

Allons nous habiller, mon enfant,
pour que Loiseau nous trouve prêtes,
quand il pass'ra nous chercher.

(Elles sortent)

---

(1) Héserbeuses, femmes que l'on paye pour
arracher l'herbe des jardins.

ACTE II

Scène Ire

(On aperçoit dans le lointain le Moulin-à-Vent
Dans un coin de la scène sont déposés les
paniers aux victuailles.)

GUILLAUME, EUGÈNE

EUGÈNE

Ah ! c'est cette petite pâtissière, qu
t'a blessé dans l'endroit sensible. Tu
dis qu'ça t'consume. Je l'crois bien,

Ils sont si chauds les amours
Qui font leur nid autour des fours.

J'ai un conseil à te donner, ne t'amuse
pas là ; ces Gauthier sont d'braves gens,
mais de p'tites gens. — Si tu veux me
laisser faire, moi, j'te lance dans la
magistrature.

GUILLAUME

Oh ! c'est une partie trop difficile.

EUGÈNE

Tu ne m'entends pas, j'te marie à la
fille d'un magistrat, à Mlle Périne
Jacoton, pour dire la premièr'lettre
de son nom.

GUILLAUME

La fille de Jacoton l'huissier ! C'n'est
pas un parti conséquent. (1)

EUGÈNE

Mais le père a du d'quoi (2), joint à
cela qu'il occupe un rang.

GUILLAUME

Non, je l'dis et je l'répète, il m'est
physiquement et moralement impossible d'en aimer une autre que Mlle
Manette.

EUGÈNE

Si de te déchirer l'cœur, ça pouvait
te l'guérir, j'te f'rais une déclaration

(1) Conséquent : important.
(2) Du d'quoi : du bien.

C'est qu'la trop sensible Manon
A pour moi z'une inclination.

GUILLAUME

· Dieux ! Je m'en avais douté ! (1)

EUGÈNE

Mais, j'ai dit à leur voisine
Afin que ça fut rapporté,
Que j'n'étais pas de la farine
Dont sont faits tous ces Gauthier.

GUILLAUME

Va, tu n'es pas digne de ton bonheur ! Elle a de l'inclination pour toi... C'est donc ça... fille injuste, j'ai mis toute ma boutique à ses pieds, elle n'a pas daigné la ramasser. Mais, j't'en prie, frère, dis-moi si tu as des vues sur la Gauthière.

EUGÈNE

Foi d'Eugène Moutard, tu n'as rien à craindre de ma part, d'ailleurs, dans l'moment actuel, j'ai des intentions sur une veuve très à son aise ; tu connais cette grande dame Blaise ? Elle me trouve joli garçon, et me donne sa

(1) Sic, et avec intention.

main et son auberge, si ma voiture à
vapeur tient parole. Ce matin encore
elle me disait en soupirant : tirez-vous
d'là d'une manière glorieuse et pé--
remptoire

> Et sur vot'front, c'est moi bel homme,
> Qui mettrai la premier' couronne.

GUILLAUME

Tu sais bien, frère, que j'n'aime pas
que tu parles en vers.

EUGÈNE

Aimes-tu mieux la prose ?

GUILLAUME

Mon Dieu, ni prose, ni vers, parle
comm'tout l'monde.

EUGÈNE

Ah ! Guiot,(1) quel meurtre d'm'avoir
fait quitter mes classes au commencement de ma septième. Que j'annonçais
un beau talent pour les lettres ! Oui,
quelquefois, quand j'pense à l'esprit
que l'bon Dieu m'a donné, j'en suis

(1) Guiot : diminutif affectueux de Guillaume.

honteux moi-même.

GUILLAUME

Pardi ! Faut convenir que tu en r'tires un grand profit ; ne devrais-tu pas rougir d'avoir déjà mangé tout c'qui t'est revenu d'not'pauvre père. Eh bien ! moi, je n'fais ni vers ni prose, j'fais tout simplement d'la chandelle et la preuve que c'métier là vaut mieux que l'autre, c'est que j'ai doublé mon avoir et que l'tien s'avance d'èt'fondu.

EUGÈNE

J'avoue que mes affaires ne sont pas très bonnes, mais ne sois pas si barbare d'en accuser mon goût pour la littérature. Bien que mes vers soient excellents, ils ne me coûtent absolument que la peine de les réciter. Guiot, c'est la chimie qui est une science coûteuse. Ah ! mon cher, comme elle vous décompose une fortune. Tu sais qu'ennuyé de végéter ainsi que toi comme une citrouille, j'avais eu la

grande idée de convertir toutes vos
pommes de terre en eau-de-vie. Pour
peu qu'elles s'y fussent prêtées, j'y
voyais un bon million à gagner. Mais,
s'étant trouvé que le litre revenait à
un peu plus de cent écus, la concurrence m'a tué.

GUILLAUME

Je t'avais toujours dit que nos pommes de terre étaient trop bêtes pour
en tirer de l'esprit.

EUGÈNE

Tu croirais que ça m'a dégoûté des
entreprises ; il n'y a que les petits
génies qui se laissent abattre. Trahi
par la chimie, je me suis jeté dans
les bras de la mécanique ; j'ai fait cons-
truire, sur mes dessins, une voiture à
l'eau chaude. — Tu ris. — Je m'engage avec le public, de le conduire de
La Châtre à Châteauroux pour la somme
de 25 centimes, prix de deux kilo-
grammes de charbon.

GUILLAUME

Que tu fais manger aux chevaux ?
Est-ce que tu sais le convertir en
avoine, comme tu changeais les pommes de terre en....

EUGÈNE

Esprit borné ! Tu ne vois pas que
c'est la machine à vapeur appliquée
aux diligences. — Des chevaux ! Je
n'ai que faire de chevaux. Si même je
n'avais pas eu quelque compassion
pour les postillons, classe très estima-
ble en général, je les remplaçais par
des soupapes. Mais pour le moment je
m'contente de leur ôter leur fouet.

GUILLAUME

Tout ce que tu me dis là, frère, m'a
l'air du dernier fabuleux. D'abord il
me semble que ces voitures à vapeur
ne doivent pas être très saines, et puis
tu verras que l'vent dérangera toujous
tes att'lages.

EUGÈNE

Du tout, je vais t'expliquer la chose.

(AIR : *Des Comédiens*)

Sur un fourneau, je place une marmite
Où par le feu l'eau réduite en vapeur
Vers chaque roue habilement conduite
Fait de mon char circuler le moteur.

Mais pour aider à ton esprit novice
Et t'épargner un trop savant récit :
Figure-toi qu'un soleil d'artifice
De ma machine est l'image en petit.

Rencontrez-vous bourbiers et fondrières ?
Sans blasphêmer, sans déployer le fouet,
Mon Phaéton pour sortir de l'ornière
Sous le fourneau, donne un coup de soufflet,

Dès ce moment ma fortune est certaine,
J'ai de profit tout le foin et le son,
Et je prétends que rien qu'avec l'avoine
On peut fort bien nourrir le postillon.

GUILLAUME

Mais cette vapeur est donc une chose
terrible, si l'on s'imaginait d'en faire
de la chandelle, sais-tu qu'ça f'rait
grand tort à not'métier.

EUGÈNE

C'est c'qui s'rait déjà fait si la chose
en valait la peine ; et pour ne te rien
cacher, j'te dirai qu'une fois le succès
d'mes voitures établi, je m'occupe

d'éclairer La Châtre avec le gaz.

GUILLAUME

(AIR : *Je loge au quatrième étage)*

Partout j'entends que l'on accuse
L'esprit léger de nos aïeux,
Mais dût-on me traiter de buse
Leurs enfants ne valent pas mieux.
De ne priser que le solide,
Qu'ils ne réclament point l'honneur
Dans un siècle où tout se décide
Par le gaz ou par la vapeur.

Mais pour en revenir à ta voiture, préviens-moi donc quand tu la f'ras partir.

EUGÈNE

Ah ! ma foi, tu ne pourras la voir qu'à son retour, car dans ce moment elle roule sur la route de Châteauroux. Je viens de placer le cocher sur l'impériale et d'établir le souffleur à son poste. Naturellement sensible, je pleurais de joie en voyant les premiers pas de mon enfant chérie, mais je l'ai perdue de vue au détour de la route.

GUILLAUME

Allons, mon frère, te voilà sur celle

de la fortune, prends garde de n'y pas
voyager à reculons.

Scène II

Mᵐᵉ GAUTHIER, MANETTE, GUILLAUME, EUGÈNE, LOISEAU, VERMILLON, PETIT

CHŒUR

(AIR : *Gai ! Gai ! Marions-nous*)

Gai ! Gai ! Dépêchons-nous :
Pour la fête
Qu'on s'apprête,
Gai ! Gai ! Dépêchons-nous,
N'manquons pas au rendez-vous.

Mᵐᵉ GAUTHIER

Nous allons passer ici
Une journée
Fortunée :
La Châtre possède aussi
Son moulin de Sans-Souci.

LE CHŒUR

Gai ! Gai ! Dépêchons-nous... etc.

LOISEAU

Moi depuis deux jours, hélas !
A la fête
Je m'apprête
Depuis deux jours je n'mange pas

Pour faire honneur au repas.

LE CHŒUR

Gai ! Gai ! Dépêchons-nous :
Pour la fête
Qu'on s'apprête,
Gai ! Gai ! Dépêchons-nous,
N'manquons pas au rendez-vous.

GUILLAUME

Allons, allons, c'est assez chanté,
chaque chose aura son temps. Voilà
c'pauvre Loiseau qui meurt de faim,
il faut en avoir pitié.

EUGÈNE

Oh ! quand il dit qu'il n'a pas mangé
depuis deux jours, c'est une farce.

LOISEAU

Pardi, non, c'est pas une farce.

EUGÈNE

Eh bien, énocent,(1)pourquoi n'as-tu
donc pas mangé ?

LOISEAU

Ma foi ! Parc'que...

EUGÈNE

Allons, tais-toi imbécile. (A Guil-

(1) Enocent : en Bèrry, innocent, imbécile,
idiot.

laume) Ah ! ça, Guiot, mon ami, allons-
nous nous mettre à table ?

GUILLAUME

Tout est prêt, il n'y a plus que l'couvert à mettre, quelqu'un n'a qu'à se
charger de ce p'tit office.

EUGÈNE

Mlle Manette, qui a toujours les
mains nettes, s'occupera d'ça à merveille ; pendant c'temps-là nous f'rons
une partie d'quilles. Qu'en dites-vous
vous autres ?

TOUS

Volontiers, allons.

GUILLAUME

Mme Gauthier, il faut nous v'nir
voir jouer, ça vous distraira un peu.

Mme GAUTHIER

Je l'veux bien mes enfants : ah ! ça
Loiseau, comm'tu n'as pas besoin
d'exercice, tu resteras pour aider
Manette,

15

LOISEAU

Oui ! mame Gauthier.

(Ils sortent)

Scène III

MANETTE, LOISEAU

MANETTE *(en mettant le couvert)*

As-tu toujours bien faim Loiseau ?

LOISEAU

J't'en réponds ! s'il y avait quéqu'-
chose dans c'panier tu verrais si j'te
mens. (*Il trouve la serviette où sont les
échaudés*). Tiens qu'équ'c'est qu'ça
Manette ?

MANETTE *(en lui ôtant la serviette)*

C'est quéqu'chose, tu l'verras p'us
tard.

LOISEAU *(riant bêtement)*

C'est drôle, ça m'a paru fait en manière de craquelins.

MANETTE (*allant et venant*)

Mon pauvre Loiseau, tu s'ras donc toujours aussi énocent qu'gourmand ? Sais-tu qu'te v'là grand. Quel âge as-tu donc ?

LOISEAU

Ma fitte ! J'aurai dix-sept ans viennent les pommes de terre.

MANETTE

M. Eugène est y ben content de toi ?

LOISEAU

Comm'ça.

MANETTE

Qu'est c'que tu fais donc chez lui ?

LOISEAU

C'que j'fais ? ma foi, j'fais d'la vapeur, à c'qui dit.

MANETTE

Qu'est c'que c'est qu'ça d'la vapeur ?

LOISEAU

Ah ! n'me l'demande pas. J'n'en sais ren.

MANETTE

D'manier' que tu n'sais pas c'que tu fais.

LOISEAU

Bah ! Tu m'essotis (1). Tu f'rais ben mieux de m'donné un craquelin.

MANETTE

Tout à l'heure, tout à l'heure.— Dis-moi donc Loiseau, est-y bon enfant M. Eugène ?

LOISEAU *(d'un air insouciant)*

Pas trop.

MANETTE

Pas trop ?

LOISEAU

Non.— Ah ! que j'ai faim, ma p'tite Manette, que j'ai faim !

MANETTE

(A part) Voyons donc si en lui donnant un craqu'lin, je l'frai mieux causer. (Haut) Allons, tiens, Loiseau, mange ça en attendant l'goûter.

LOISEAU

Ah ! grand merci, ma p'tite Manette. Va (*il mange goûlument en parlant*),

(1) Tu m'essotis : tu m'étourdis.

si tu es jamais dans l'besoin... adresse
toi... à moi... Tu es bien sûre que
Loiseau... chantera... toujours tes
louanges.

MANETTE

A présent que t'vlà un peu moins
affamé, causons un peu.

LOISEAU *(d'un air tout à fait reconnaissant)*

J'veux ben, ma p'tite Manette...
Qu'est c'que nous disions déjà ?... Ah !
m'y v'là : Tu m'd'mandais si M.Eugène
était un bon enfant, n'est-c'pas ?

MANETTE

Oui.

LOISEAU

Eh ben, tu sauras qu'c'est z'un homme abominabe !

MANETTE *(étonnée)*

Un homme abominabe.M.Loiseau !...
Savez-vous qu'c'est pas joli d'dire du
mal de ses maîtres ?

LOISEAU

J'sais ça comm'toi Manette, mais
j'n'y peu mais. Tu n'connais pas l'in-

justice, toi. Tu n'la conçois pas l'injustice. Ta mère est bonne, a t'fait pas
bisquer ta mère, pas vrai ?

MANETTE

Ah ! dame non.

LOISEAU

Eh ben moi, drès la pique du jour(1),
j'bisque, à midi j'bisque, le soir en
m'couchant j'bisque, toujous j'bisque ;
au moins Manette, t'as quéqu'un à qui
tu peux confier tes p'tits tintoins. —
Not'sort est ben différent.

(AIR : *Dis-moi soldat, etc.*)

Quand dans ton cœur il naît quelques alarmes,
Ta mère accourt dissiper ton ennui ;
Moi, tous mes jours se passent dans les larmes,
Pour les sécher, je n'ai pas un ami !

MANETTE

Au ciel souvent, adresse ta prière,
Tu jouiras d'un plus heureux destin :
Le Tout-puissant, à ce que dit ma mère,
Entend toujours le cri de l'orphelin. (*bis*)

LOISEAU

Eh ben, j'verrai si ça y fait !

MANETTE

Ça n'dur'ra pas, va, Loiseau, consol'-

(1) Drès la pique : dès la pointe.

toi et apprends-moi la cause de tous
tes chagrins, ça t'soulag'ra.

LOISEAU *(d'un ton grave)*

J'vas t'satisfaire : la pomme de terre
est l'auteur de toutes mes infortunes;
oui Manette, la pomme de terre m'a
perdu...Un homme qui n'en est pas un,
a sacrifié ma jeunesse...Il m'en a fait
plumer (1) pendant cinq ans. Je n'voyais qu'ça, je n'mangeais qu'ça....J'en
ai plumé des milliers... Elles sont toutes là, Manette, j'peux pas les digérer.

Depuis six s'maines tout a changé,
on a laissé les pommes de terre et...

MANETTE *(l'interrompant)*

Tais-toi, v'là l'tyran ! Tu m'diras
l'reste p'us tard.

————

(1) Plumer : peler.

Scène IV

LES PRÉCÉDENTS, Mme GAUTHIER, EUGÈNE, GUILLAUME, VERMILLON, PETIT

Mme GAUTHIER

Allons, mes enfants, tout est-y prêt ?

MANETTE

Oui, maman, on peut se mettre à table.

EUGÈNE (*plaçant les convives*)

Mme Gauthier, la place d'honneur vous appartient de droit. —Guiot, c'est toi qui régales, tu t'mettras là, entre Mme Gauthier et sa fille : tu s'ras l'homme entre deux saisons. — (*A Loiseau qui s'empresse de prendre place*), Loiseau, mon ami, halte-là, n'te presse pas tant, tout à l'heure j'te mettrai à ton poste ; t'es l'plus affamé, mais t'es l'plus jeune. Ces messieurs doivent passer avant toi. —Vermillon,

avance et mets-toi là (*il veut se mettre
à côté de Manette*) non, là, là, n'prends
pas ma place. M. Petit, voilà la vôtre.
(*Se tournant du côté de Loiseau et lui
mettant une serviette sur le bras*). Toi,
Loiseau, tu n'te mettras pas à table, tu
n'mangeras qu'après nous, et tu te
tiendras derrière ma chaise pour nous
verser à boire.

LOISEAU (*d'une voix faible et larmoyante*)

M. Eugène, j'tombe d'inanition, j'vous
en prie, ayez pitié d'moi.

MANETTE

Ah ! M. Eugène, laissez l'mettre à
table, nous nous servirons bien nous-
mêmes.

EUGÈNE (*d'un air important*)

Mlle, Loiseau n'mange jamais avec
moi.

GUILLAUME

J'en suis bien fâché, frère, mais j'ai
invité Loiseau pour être des nôtres et
non pour nous servir de domestique.
(*S'adressant à Loiseau*). Viens-là, mon

ami. *(A peine a-t-il prononcé ces mots,
que l'on entend Loiseau lourdement
tomber sur le carreau.)*

TOUS

Ah ! mon Dieu, il se trouve mal !

(tout le monde se lève).

MANETTE

Le vinaigre ! Le vinaigre !

GUILLAUME

Il n'y en a plus, il est tout dans la
salade.*(Il en prend deux ou trois feuilles et les porte sous le nez du malade
en disant :)* si ça pouvait produire le
même effet.—*(Pendant qu'il lui frotte
le nez avec la salade, Loiseau se ranime
tout à coup et mange les feuilles.)*

TOUS

Ah ! Le voilà qui revient !

MANETTE

Eh bien, Loiseau, comment te trou-
ves-tu ?

LOISEAU *(d'une voix encore faible)*

Elle n'est pas mauvaise.

MANETTE

J'parle pas d'la salade, j'te d'mande si tu t'trouves mieux.

LOISEAU

Oh ! oui, ça n's'ra rien.

GUILLAUME *(en le conduisant à table)*

Allons viens, mon ami, tu vas manger un morceau.

(Ils se replacent tous)

EUGÈNE *(qui pendant cette scène n'a pas paru alarmé)*

Ah ! mon Dieu, n'vous occupez pas tant d'lui, j'parirais que c'est une farce qu'il a voulu faire.—Ah ! ça, Mamselle Manette, quand irons-nous donc à vos noces ?

Mme GAUTHIER

C'est moi qui sais ça, M. Eugène, Manette ne peut pas vous répondre.

EUGÈNE

Si vous trouvez quelque parti, vous f'rez bien de n'pas l'négliger, Mme Gauthier, les jeunes gens sont rares aujourd'hui.

Mme GAUTHIER

J'n'ai d'conseil à r'cevoir de personne
là-d'sus ; la p'tite n'est pas pressée, et
M. Gauthier et moi n'en sommes pas
embarrassés.

EUGÈNE

C'pendant quand on n'a pas une
certaine aisance...

Mme GAUTHIER

Dieu merci, il y a encore du pain à
la maison, M. Eugène. M. Gauthier n'a
jamais fait d'folies qui aient pu l'ruiner.

GUILLAUME

Tu l'as cherché, tu l'as trouvé, frère.
Tu as toujours été taquin comme ça,
toi. Est-ce que tu n'frais pas mieux
d'nous dire quéqu'chose de drôle pour
amuser la compagnie ? Allons, chant'
nous c'te chanson qu' t'as rapportée
d'Culan, y a quéqu'temps.

EUGÈNE

J'suis pas en train à présent. Cet'diabe de voiture me trotte dans la tête,

adresse-toi à ces messieurs.

GUILLAUME

Allons, Loiseau, veux-tu chanter ?
à présent qu'te v'là un peu restauré.

LOISEAU

Attendez M. Guillaume, laissez-moi
finir ma bouchée...

(AIR : *Des cancans*)
Quand les poules vont au champ,
La premier' passe par devant...

GUILLAUME *(l'interrompant)*

Va t'coucher avec tes poules ! C'est
trop connu ça. N'sais-tu pas quéqu'-
chose de plus nouveau ?

LOISEAU

Ah ! pardi, si. T'nez, j'vas vous
chanter l'histoire du P'tit Tiennet de
Ste-Sévère.

(AIR : *Ma sœur te souvient-il encore)*
Le P'tit Tiennet de Saint'Sévère
Est v'nu-z-au mond' sans pèr' ni mère ;
Y sut s'tirer malgré tout ça,
          D'affaire.
Son histoire vous l'apprendra,
          La v'là.

L'curé d'l'endroit, plein de tendresse,

Le fit élever par sa nièce :
Tiennet servait, chaque matin,
La messe,
C'qui fait qu'il apprit du latin,
Tout plein.

Quand sus l'papier y put écrire,
Et qu'dans l'écriture y put lire,
On sut dans un poste nouveau
L'produire :
A quatorze ans il fut bedeau,
Qu'c'est beau !

Cette histoire-là, ça veut dire,
Qu'il est toujous bon de s'instruire,
Et que l'savoir, même aux p'tit's gens,
N'peut nuire :
Moi qui n'ai jamais eu d'talens,
J'm'en r'pens.

LOISEAU

V'là c'que c'est !

Mᵐᵉ GAUTHIER

C'est pas mal Loiseau, mais ton air
est un peu endormante (sic). Allons,
M. Guillaume, à vot'tour.

GUILLAUME

Mme Gauthier, puisque c'est vous
qui m'en priez, j'peux pas vous r'fuser :

AIR : *On ne peut dormir de la nuit (de Lisbeth)*

Le célibat, dit-on, partout,
Est l'état le plus agréable ;
Cet état n'est point de mon goût :
Il n'est pas amusant du tout,
D'être seul au lit, seul à table.

Ah ! quel bonheur si quelque jour,
Mon hommage venait à plaire !
O toi, qui connais mon amour !
Prends pitié (*bis*) d'un célibataire.

EUGÈNE

Toujours sentimental, Guiot ! Va, tu es né pour être... mari. Heureux penchant ! Tu f'ras bien d'en profiter, Guiot; tu es mon aîné, il ne faut pas rester vieux garçon.

(AIR : *Prenons d'abord l'air bien méchant*)

Un vieux garçon est querelleur,
Comme un ours il vit solitaire,
Et rien, de sa mauvaise humeur
Ne saurait jamais le distraire :
Quand d'hymen on porte le bât,
Et qu'on s'ennuye en sa demeure,
On vous prend sa femme, on la bat,
Ça fait toujours passer une heure.

Mme GAUTHIER

J'plains. la femme que vous aurez, M. Eugène, surtout si vous êtes sujet à l'ennui.(A Manette).J'tâch'rai de t'trouver un mari d'un autre caractère, ma p'tite Manette.

MANETTE

(AIR : *Halte-là.*)

Sur je n'sais quelle apparence
Mon cœur s'était engagé :

Ma mèr' j'en crois ta prudence,
Un instant a tout changé.
Comme je n'suis pas bien forte,
En choisissant mon époux
Par prudence j'frai-z-en sorte
De l'prendr' pacifique et doux.
　　Halte-là !
　　　　Halte-là !
On n'me battra pas comm' ça.

LOISEAU *(qui pendant ce couplet a toujours regardé du côté de la porte)*

Y m'est avis qu'il y a un paisan, à la porte, qui n'ose pas entrer.

GUILLAUME *(au paysan)*

Entrez, mon brave homme, entrez.

Scène V

LES PRÉCÉDENTS, Le Père PILLAUD

EUGÈNE

Grand Dieu ! C'est l'père Pillaud, le conducteur de ma voiture ! Ciel ! Qu'est-il arrivé ? Vous ici Pillaud ! Quand vous devriez être à Châteauroux.

PILLAUD

Ah ! monsieur, le diabe soit d'vot'

voiture ! Dans l'moment où j'vous
parle, elle est en mille pièces au bas
des vignes de la montée d'Ars. (1)

EUGÈNE (*désespéré*)

Ah ! Tout est perdu, ç'en est fait !
(*Après s'être promené dans la chambre
d'un air égaré, il tombe sur une chaise;
chacun s'empresse autour de lui.*)

GUILLAUME

Eugène, mon frère, calme-toi ; il n'y
a peut-être encore rien de désespéré,
c'est sans doute la faute du postillon.

EUGÈNE (*avec la froideur du désespoir
le plus concentré*)

Je saurai supporter mon malheur...
Alors même... qu'il serait sans ressources... Donnez-moi un verre d'eau.
(*Après avoir bu*). (A Pillaud). Vieillard,
expliquez-vous.

PILLAUD

Déjà, j'avais franchi les portes de la ville ;
Je guidais lentement, en conducteur habile,

(1) Côte très longue et très raide que forme
la route à un kilomètre de la ville.

Vers la montagne d'Ars ma machine à vapeur,
Quand soudain je sentis...ça me fait encor peur !..
A nonante-cinq ans, on peut perdre courage.

EUGÈNE

(A part)
Ah ! j'aurais dû choisir un cocher d'un autre âge !
(Haut)
Vous contez assez bien,continuez Pillaud,
Et si vous le pouvez, parlez un peu plus haut.

PILLAUD

Je me promettais donc une heureuse carrière,
Quand soudain je sentis que j'allais en arrière :
« Soufflez,dis-je au souffleur,ou bien nous voilà morts !»
Hélas ! Il se consume en impuissants efforts ;
Le char, continuant à faire l'écrevisse,
Dévie, et roule enfin au fond du précipice.

Pour moi, j'avais pris soin de quitter le timon :
Bientôt, j'entends des cris ! ô désolation !...
Je songe à mon souffleur, je vole à la voiture,
J'arrive, je l'appelle,... ô funeste aventure !...
Dans le chaudron bouillant il s'était laissé choir !..
« Je suis cuit, cher Pillaud,calme ton désespoir,
« Dit-il, le ciel m'arrache une innocente vie ;
« Prends soin après ma mort de la grosse Marie... »
(C'était sa femme).Alors, jetant un dernier cri,
Il ne laisse en mes mains qu'un morceau de bouilli !!!

(*Après son récit, Pillaud se cache la
figure de ses deux mains*).

EUGÈNE (*se promenant à grands pas*)

Pauvre jeune homme !... Il a été
victime de mes folies... Pillaud, dites
à ses parents que si l'or peut alléger

leur cruelle infortune, ils ne manque-
ront jamais de rien, je s'rai leur père
à tous... ou leur enfant... comme ils
voudront...(*A part, après s'être frappé
la poitrine*). Malheureux, que dis-tu ?
Tu n'as plus que trois livres, dix sous,
dans ta poche... C'est là tout ce qui te
reste... (Haut). Pillaud, vous ne direz
rien aux parents de l'infortuné... Je les
verrai... Je..., (*il se jette dans le sein
de Pillaud*). Ah ! Pillaud que je suis
malheureux !

PILLAUD.

Eh ! monsieur, y n'faut pas tant
vous affecté d'la mort de vot'souffleux
C'n'est pas pour dire, mais c'était ben
l'pus mauvais garnement qui fut dans
tout La Châtre. En moins d'six s'maines, il a fait mourir de chagrin son
père, sa mère, sa sœur, deux oncles et
trois tantes à la mode de Bretagne.
Aujourd'hui encore, avant d'partir, il
a tant battu sa pauvre femme, la grosse

Marie, qu'il l'a laissée sus l'carreau.

TOUS

Ah ! l'homme abominable, c'est le ciel qui l'a puni.

EUGÈNE

Puisque c'était un mauvais sujet, il n'y a que d'mi mal. J'suis seul à plaindre. Me voilà sans ressources, mon cher Guiot, mais la rivière coule toujours sous l'pont des Cabignats,(1) et...

GUILLAUME

Ah ! çà, Eugène, pas d'bêtises, t'en as assez fait comm'ça. — Avec du travail et d'la prudence, tu peux encore te tirer d'affaire ; et d'ailleurs n'trouv'ras-tu pas toujours ton frère Guillaume (*Il l'embrasse*). Si tu m'en crois, tu laiss'ras là pour toujours les pommes de terre et la vapeur. Tiens, v'là justement Mme Gauthier qui a besoin d'un garçon vigoureux pour remplacer son

(1) Un des quatre ponts jetés sur l'Indre, dans la ville.

mari qui s'fait vieux et n'peut p'us travailler d'son état. Tu f'ras son affaire ;
pas vrai, Mme Gauthier ?

Mme GAUTHIER

Si M. Eugène veut accepter votre
proposition y m'fra plaisir. Tout' la
famille aura pour lui les égards que
mérite sa position.

EUGÈNE (vivement)

J'accepte, Mme Gauthier, vous êtes
bien la meilleure des femmes. Et toi
l'meilleur des frères, mon cher Guiot.
— Mlle Manette, j'oublierais tout à fait
mon malheur, si vous vouliez avoir
pitié de c'pauvre célibataire. (<i>Il lui
montre Guillaume</i>).

Mme GAUTHIER (à sa fille qui la regarde
en souriant modestement</i>)</div>

J'vois bien qu'tu n'demandes pas
mieux d'faire c'plaisir-là à M. Eugène.
Eh bien ! mes enfants, demain nous
irons chez l'notaire.

GUILLAUME (*en s'emparant de la main de Manette*)

Me voilà enfin au comble de mes vœux, et rien n'manquerait à mon bonheur si c'pauvre Eugène...

EUGÈNE

Ah ! çà, Guiot, mon ami, n'parlons plus d'ça, n'songeons qu'à ton bonheur. J'ai reçu ma leçon, ça suffit. Que veux-tu ? Je me suis trompé :

(AIR : *De Marianne*)

Ayant reçu de la nature
Beaucoup d'imagination,
J'croyais faire aller un'voiture
En faisant bouillir un chaudron :
J'rêvais d'avance,
Gloire, opulence,
Quand tout cela s'est réduit en vapeur.
D'la pomm' de terre,
J'voulais extraire,
De l'esprit et faire de la liqueur ;
Mais ces brillantes entreprises,
Ont épuisé tout mon crédit :
J'ai voulu faire de l'esprit,
Et j'n'ai fait qu'des bêtises. (*ter*)

MANETTE (*au public*)

Messieurs, ça s'rait une injustice
De nous traiter sévèrement :
La troupe est encor bien novice,
Les auteurs ont peu de talent :

Vous aurez j'pense
Quelqu'indulgence
Pour les acteurs
Ainsi qu'pour les auteurs.
Sans êt'sévère,
Il pourrait s'faire
Que ce début,
Au grand nombre, déplût ;
Mais qu'aucun de vous ne s'emporte :
Si le public est mécontent,
Nous allons lui rendre à l'instant
Son argent à la porte. (*ter*)

Chapitre II.

Le Retour du Vieux Drapeau

Sans renoncer à son idéal politique,
la bourgeoisie républicaine de La Châ‐
tre accueillit tout d'abord avec joie la
proclamation de Louis‐Philippe en
qualité de roi des Français. Avant de
se montrer irréductible à son égard et
de lui déclarer une guerre sans merci,
elle attendit ses actes qui ne furent
pas ce qu'elle voulait.

Un imprimé de l'époque, — tou‐
jours de notre auteur — démontre cet
état général des esprits chez les répu‐
blicains d'alors, en même temps qu'il
rappelle un fait d'histoire locale oublié
et qui a son importance.

En voici l'exacte reproduction :

Vendu au profit des pauvres : 25 c.

LE RETOUR
DU VIEUX DRAPEAU

*Couplets chantés au Banquet offert par
la Garde Nationale de La Châtre
(Indre), le 22 Janvier 1831, à M. le
général PETIT, commandant la
15ᵐᵉ Division militaire.*

AIR : D'ARISTIPPE.

(Des plaisir permis à la terre)

Célébrons notre indépendance,
Le Peuple est enfin écouté ;
Paris vient de rendre à la France
L'étendard de la liberté.
Sur les tyrans la foudre gronde,
Les peuples las de leur fardeau
Aspirent au jour où le monde
Adoptera le vieux drapeau.

L'aigle terrible des conquêtes
Ne domine plus ses couleurs ;

Si le coq prédit des tempêtes,
Peuples, c'est à vos oppresseurs.
Levez-vous ! sa voix vous appèle ;
Levez-vous tous !... Le noble oiseau
Vous promet une ère nouvelle
Sous les plis de son vieux drapeau.

Ecoutez ce lointain tonnerre :
C'est le Belge qui rompt ses fers ;
C'est un Roi, lâche incendiaire,
Qui fuit en foudroyant Anvers.
Liberté !... Ce cri de victoire
En Pologne trouve un écho ;
Ses fils sont nos frères de gloire :
Qui leur rendra le vieux drapeau ?

Opprobre à la blanche bannière !
Elle est teinte du sang Français ;
Que des Rois à l'Europe entière,
Elle atteste les noirs projets !
Leur alliance sanguinaire
Médite un autre Waterloo,
Eh bien ! qu'ils apportent la guerre,
Nous vengerons le vieux drapeau !

France, ta garde citoyenne
Est là pour protéger tes droits :

Des nations te voilà Reine,
Ton prince est le premier des Rois.
O PHILIPPE ! ta main est faite
Pour porter un sceptre aussi beau !
Tu fus sacré par LAFAYETTE,
Tu défendras le vieux drapeau.

Amis, si jamais l'esclavage
Tentait d'envahir nos foyers,
Voilà le chef dont le courage
Nous guiderait dans les dangers.
Il transmit à l'armée entière
Les Adieux de Fontainebleau ; (1)
Sa phalange fut la dernière
Qui défendit le vieux drapeau. (2)

L.

(22 Janvier 1831).

(1) « Je ne puis vous embrasser tous ; mais j'embrasserai votre Général... Venez Général...» Et Napoléon serra le Général PETIT dans ses bras.
(2) Dans la désastreuse retraite qui suivit la bataille de Waterloo, le Général PETIT résista à l'ennemi à la tête de son régiment, qui combattit le dernier.

Biog. des Hommes vivans.

La Châtre, imp. de P. M. Arnault.

Chapitre III

Un Autographe

En 1845, Saint-Chartier avait pour curé l'abbé Marty. C'était un homme jeune encore, intelligent et digne. Parfois il avait l'occasion d'aller au château de Nohant, chez George Sand, où toujours l'attendait un cordial et respectueux accueil. Dans la suite, il cessa ses visites, non de son plein gré, mais... par ordre supérieur.

Or, il advint qu'une lettre de George Sand, écrite au curé, à propos d'une enquête les intéressant tous deux, contenait ces lignes :

« Monsieur le curé, si vous aviez la bonté de venir déjeuner ou dîner demain avec nous, je vous aiderais à faire votre petite enquête...........
....

« Vous m'avez dit que Monsieur L.

s'en allait quelquefois avec vous en enfant de chœur. Si vous pouviez lui persuader cette fois, que ses fonctions vous sont nécessaires et l'engager à venir renouveler une ancienne connaissance, je serais doublement heureuse de vous voir. »

La missive fut, naturellement, communiquée à M. L., qui s'empressa d'en remercier par écrit l'auteur, qu'il avait connu jadis, du temps qu'ils étaient jeunes.

George Sand répondit la lettre inédite que voici. Elle est vraiment charmante et révèle, on ne peut mieux, le caractère simple et bon du grand écrivain :

« Mon cher Monsieur L., je vous remercie de votre bon souvenir. J'en ai gardé toujours pour vous un tout rempli de sympathie, et si vous ne l'avez pas su, c'est que vous n'avez pas voulu le savoir. Mais il n'en est

pas moins persévérant, et si jamais
vous secouez la sauvagerie avec laquelle
vous m'avez traitée, j'en serai recon-
naissante tout de même. Je suis heureuse que mes romans vous ayent
amusé et distrait quelquefois : mais
croyez bien que je ne suis pas du tout
changée parce que mon nom a franchi
les limites de l'arrondissement. J'aurais beaucoup plus perdu à oublier mes
anciennes amitiés et à abjurer les goûts
simples qui rendent heureux, que je
n'aurais gagné à faire quelque bruit
littéraire. Je n'en ai, Dieu merci, jamais
été enivrée, et l'*encens* que j'accepte
de grand cœur, c'est un bon sentiment
d'un *sacristain* comme vous. Je voudrais n'avoir jamais eu d'autres lec-
teurs et d'autres juges que des compa-
triotes bienveillants, faisant plus de
cas d'une bonne intention que d'une
belle phrase.

« Merci encore de votre bonne lettre.

Mais je ne vous tiens pas encore quitte
et j'espère toujours que vous viendrez
quelque matin, sans toilette et sans
cérémonie, chercher des boutures et
des papillons dans mon jardin. »

Tout à vous

G. SAND.

CHAPITRE IV

Le Sorcier malgré lui

Certes, l'esprit et l'allure des habitants de nos campagnes sont loin d'être sans originalité. Pour en convaincre les incrédules, nous allons retracer une aventure qui s'est passée presque sous les yeux de l'écrivain qui la raconte.

LE SORCIER MALGRÉ LUI (1)

I.

S'il vous advient, quelque jour, d'entreprendre le voyage de La Châtre à Bourges, et que vous ayez du temps à

(1) Extrait du livre *Le Berry. Croyances et Légendes*. — Voyez *Le Berry, Croyances et Légendes*, et *Le Berry, Mœurs et Coutumes*, dans la collection Elzévirienne des littératures populaires de toutes les nations. J. Maisonneuve et Cⁱᵉ, éditeurs. Paris 1900.

perdre, lorsque vous serez parvenu au
sommet de la montée d'Etaillé, arrê-
tez-vous un peu au pied du vieil orme
Marmouër (1), dont le registre-terrier
des révérends pères Carmes de La
Châtre a seul conservé le nom, et,
alors, jetant vos regards par delà les
mélancoliques pâturages qui bordent
la route du côté de l'est, vous aperce-
vrez au penchant d'un riant coteau, et
à la distance d'un quart de lieue dans
les terres, un petit groupe de maisons
rustiques que des noyers séculaires
protègent de leurs longs bras feuillus :
vieux amis qui, pendant le jour, pro-
diguent aux enfants du hameau de
l'ombre pour leurs jeux, et qui, quand
vient le soir, leur murmurent les mille.
bruits de la brise pour les endormir.

Cosnay est le nom de cette champêtre colonie.

(1) On nommait autrefois *marmau*, *marmen-
tau*, des arbres que l'on n'abattait jamais et
qui servaient d'ornement à une terre seigneuriale.

17

Il y a soixante ans, une chapelle
dont vous pouvez encore distinguer les
ruines s'élevait en avant du village.
Deux élégantes ogives à jour, qui lui
servaient de clocher, se miraient alors
dans les eaux de l'Igneraie, qui coule
au bas du coteau ; aujourd'hui, une
touffe vivace d'églantier remplace ces
légères et gothiques arcades, et couronne, chaque mois de mai, de ses
gracieuses guirlandes, le front ravagé
de l'antique édifice.

En face, et sur l'un des côtés de
cette humble et sainte ruine, s'étend
une vaste pelouse qui, les jours de fête,
sert de gymnase au village, et qui, de
temps immémorial, porte le nom de
Paraquin, mot celtique dont il est facile
de donner l'explication. (1)

---

(1) *Para*, que nos paysans prononcent *par*,
est un terme d'origine celtique par lequel on
désigne un enclos, un champ. — *Haken*, aussi
en langue celtique, signifie hoquet, derniers
soupirs. — Or *Par-Haken* ou *Paraquin* veut
dire champ des agonisants.

Tout, dans ce petit coin de terre, respire un parfum d'antiquité. Si vous sondez les entrailles du vert *Paraquin*, vous y trouverez, parmi d'innombrables ossements, la hache en silex des Gaëls, la brique à rebords des Romains et de nombreuses médailles dont les inexplicables empreintes font le désespoir de la numismatique.

On retrouve aussi, dans les mœurs des habitants, une foule d'usages et de superstitions qui datent des temps les plus reculés. Presque tous, par exemple, croient à l'existence des sorciers ; mais ils n'osent plus guère en convenir qu'entre eux, soit que leur foi en ces êtres diaboliques commence à s'ébranler, soit plutôt parce que toute croyance aveugle a peur de rencontrer le doute.

Quoi qu'il en soit, il paraît incontestable que Cosnay possédait, il n'y a pas encore fort longtemps, deux ou

trois sorciers bien avérés. De ces deux
ou trois, il en était un qui le fut pendant
bien des années sans le savoir, et c'est
de ce dernier que nous allons nous
entretenir.

II.

Quant viennent les longues nuits de
décembre, lorsque le givre revêt d'un
blanc linceul le mystérieux *Paraquin*,
le voyageur attardé qui se trouve
traverser ce rustique *forum*, quelques
heures après les derniers tintements
de l'*Angelus* de Thevet, est frappé d'un
spectacle aussi étrange que lugubre ;
car alors, et presque au même instant,
toutes les *portes coupées* (1) du village
s'entr'ouvrent, et de chaque chaumière
s'échappent en silence, comme des
ombres, les paysans que le froid
chasse de leurs foyers, et qui envelop-

(1) Portes à deux vantaux superposés, dont
le plus élevé sert de fenêtre quand il est ouvert.

pés, les femmes du *chéré* antique (1),
les hommes de la *biaude* gauloise, se
rendent tous, en grelottant, dans les
tièdes bergeries de quelque métairie
voisine.

Or, c'était le soir du 28 décembre,
jour des Saints-Innocents. Depuis le
premier dimanche de l'Avent, une
épaisse couche de neige couvrait la
terre, et la misère était d'autant plus
grande dans les campagnes, que, la
récolte de l'année ayant été mauvaise,
les *ménageots* étaient contraints de se
morfondre au logis à ne rien faire,
faute de trouver à *battre* (2) dans les
granges d'alentour. Aussi n'avaient–ils
guère plus de pain dans leur *arche* (3)
que de bourrées à leur *fagotier* (4).

(1) Espèce de petit manteau de couleur brune,
composé d'une pièce de drap, carrée, plus longue que large. Le *chéré* est le *sagum* des
Celtes Ibériens.
(2) Nous employons ce mot absolument pour
dire *battre le blé*
(3) Coffre long où l'on fait et serre le pain.
(4) Bûcher.

Ce soir-là, à l'exception de quelques
jeunes mères qui allaitaient et qui s'é-
taient couchées près de leurs nourrissons pour les préserver du froid, tout
le village de Cosnay s'était refugié,
selon sa coutume, dans l'une des éta-
bles de Silvain Bonnin, cultivateur et
fermier du domaine de la Chaume.

Jamais la réunion n'avait été plus
nombreuse ; jamais aussi elle n'avait
été moins animée et moins bruyante.
C'est qu'à aucune autre époque, le
fantôme décharné de la misère ne
s'était présenté sous des traits plus
menaçants à l'esprit effrayé de tous
ces pauvres souffreteux, d'ordinaire si
résignés, si endurcis !

Ils avaient dit adieu aux *branles* (1)
joyeux et aux dolentes et amoureuses
chansons qui, en des temps meilleurs,
donnent à ces veillées une physionomie tout originale. Plus de ces vieux

(1) Airs de danse.

et naïfs récits, enfants de l'ignorance, dont notre imagination est toujours si friande. La médisance elle-même était morte, la médisance, si vivace au village ! et c'était là peut-être le signe le plus caractéristique de leur profonde détresse : ils en étaient réduits à n'avoir plus rien à s'envier.

Un morne silence régnait dans la bergerie ; il n'était interrompu que par la crépitation monotone de la *pétrelle* résineuse (1) qui brûlait le long de la muraille, ou bien par la toux cassée de quelque brebis asthmatique.

Les hommes s'occupaient, les uns à tisser des chapeaux, des paniers ou des corbeilles; les autres à tordre des crins de *saunées* (2) pour prendre les alouettes ; les femmes filaient à la que-

(1) Grossière bougie de résine avec laquelle s'éclairent les pauvres gens.
(2) Longue ficelle à laquelle sont attachés des milliers de crins à nœuds coulants et que l'on tend à quelques pouces de la surface du sol en temps de neige.

nouille, ou raccommodaient les hardes
de la famille.

— Le père Tiennon Corbois est-il
là ?— dit lentement une vieille femme,
sans ôter les yeux de dessus un fond
de *cayenne* (1) qu'elle était après piquer.

— Non, non ! répondirent, un moment après, plusieurs voix qui s'éle-
vèrent de différents points de la vaste
étable.

— Ah ! reprit la vieille femme, d'un
air d'étonnement satisfait,— c'est donc
bien vrai qu'il est revenu, dans le jour,
tout malade de Champillet ?

— Qu'y allait-il donc faire, à Champillet, un vendredi, et par de pareilles
neiges ? demanda François Bléron, dit
le *Laboureux-fin* (2), l'un des garçons
de la ferme.

— Ce qu'il y allait faire, répliqua la
mère Guite Charôt, un chacun s'en

(1) Espèce de calotte piquée qui sert de char-
pente à la coiffe de nos villageoises.
(2) *Fin* est là pour *habile*.

doute bien ici, et toi le premier, maître
François. Il y allait pour assister au
service mortuaire de ce pauvre Jean
Blaisot de Champillet, qui a fait la
moisson, l'an passé, pour la dernière
fois, chez le père Bonnin.

Ce fut en vain que François Bléron
demanda, à plusieurs reprises à la
mère Guite pourquoi Tiennon Gorbois
avait fait deux mortelles lieues par un
temps aussi rude pour se trouver au
service funèbre d'un homme qui, de
son vivant, n'avait eu ni parent, ni
ami dans le village. A chaque question,
la vieille se contenta de répondre, en
hochant la tête, et d'un air de mystère :
« Qu'on ne pouvait pas être bien tout
à la fois avec le bon Dieu et le *Maufait* (1),
et qu'il y avait toujours plus de profit
à avoir affaire à l'un qu'à l'autre. »

— Pour vous prouver ce que je dis,
ajouta-t-elle, — sans doute afin de met-

(1) Le Démon.

tre un frein à la curiosité incessante et
maligne du garçon de ferme, — je vais
vous conter une histoire que je tiens
de ma grand'mère, et qui s'est passée,
il y a bien longtemps, dans le village
même de Cosnay.

A cette annonce, vous eussiez vu ces
pauvres diables interrompre leurs di-
vers travaux et bannir de leur esprit
toute soucieuse pensée, pour se livrer
avidement au plaisir si souvent goûté
d'entendre la mère Guite ; car nul,
dans les environs, ne devisait mieux
que cette femme. Son grand âge, sa
voix grave et lente, les vieilles locu-
tions qui lui étaient familières, la tournure un peu mystique de son esprit et
surtout sa crédulité presque enfantine,
donnaient à ses récits les plus fantas-
tiques une incroyable apparence de
vérité. Son talent, au reste, était apprécié dans tous les hameaux d'alentour, et maintes fois les gens des Bau-

dins, de Cremeu, de Fontenay et de Riola, s'étaient rendus aux veillées de Cosnay pour lui entendre raconter les légendes de *l'Ame en peine*, de *l'Oiseau de la mort*, de *la Chasse à Bôdet*, et mille autres traditions plus merveil- leuses encore.

Voici quel fut, ce soir-là, le récit de la vieille Guite.

« C'était la veille du bon jour de Noël, au moment de la messe de mi- nuit ; la mère de *ma grand* (1) sortait de la bergerie où nous voilà tous ras- semblés, et s'en retournait chez elle, portant le plus petit de ses enfants à son cou. En passant au coin de la cha- pelle, elle vit reluire au fond d'un grand trou qui s'enfonçait sous l'un des piliers un gros tas de pièces d'or et d'argent. Elle mit bien vite son petit par terre et devala dans le souterrain.

(1) *Mon grand*, *ma grand*, pour mon grand- père, ma grand'mère.

« Quand elle eut bien rempli d'argent son *devanteau* (1), elle remonta ; mais elle ne trouva plus son *drôle* (2)...

« Elle alla au *Grand Prêtre* de La Châtre (3), qui lui dit de porter la pitance et les *gages* (4) de son petit, tous les jours, à l'endroit où il avait disparu.

« Au bout d'une année, jour pour jour, aussi pendant la nuit de Noël, et au moment où les cloches de la ville sonnaient l'élévation de la sainte messe de minuit, la mère de ma *grand*, encore plus chagrinée que de coutume, regagnait son logis, au sortir de la veillée, lorsqu'elle rencontra son cher enfant, assis, comme elle l'avait posé, un an auparavant, au coin de la chapelle... mais il n'avait pas *produit* (5)... Il était

(1) Tablier.
(2) *Enfant, jeune garçon* ; se dit sans aucune idée dépréciante.
(3) Nos paysans désignent toujours ainsi le curé de cette ville.
(4) *Hardes, vêtements.*
(5) Grandi, profité.

tout maigre et il avait une *marque* (2);...
aussi ce ne fut qu'à force de messes,
de prières et d'évangiles que le *Grand
Prêtre* parvint à le *reprendre* (3).

« De tout son argent, il y avait
longtemps que la mère de ma *grand*
n'avait plus un sou. »

Depuis un instant, la vieille Guite
avait cessé de parler, et son muet auditoire était encore préoccupé du mystérieux récit, lorsque, soudain, une voix
étrangement accentuée, et qui certainement ne partait pas de la bergerie, fit
entendre ces paroles :

— Mais, mère Guite, dites donc
pourquoi Tiennon Corbois a assisté, ce
matin, au service mortuaire de défunt
Jean Blaisot !..

— Je ne le dirai pas !... s'écria la

(2) Marque que porte tout individu tombé en
la puissance du Diable. Cette marque ressemble
à l'empreinte d'une griffe de chat, disent nos
commères de village.
(3) C'est-à-dire : à ravoir, à sauver son âme.

vieille femme en se signant.

Elle était debout, et tout son corps tremblait comme sa voix.

Mais l'heure était avancée : l'assemblée se leva en grand émoi et se hâta confusément de sortir de l'étable.

A peine le maître de la ferme venait-il de donner à la porte le dernier tour de clef, que les éclats d'un rire moqueur et prolongé partirent de l'intérieur de la bergerie. — Tout le monde l'entendit, personne n'osa en faire hautement la remarque.

— C'est le *Follet* ! se dit chacun d'eux mentalement.

Non, ce n'était pas le Follet, mais bien le *Laboureux-fin*, qui, pendant le récit de la mère Guite, était monté sans bruit se coucher dans le fenil de l'étable, et qui, en ce moment, riait de la frayeur qu'il avait jetée dans l'assemblée et surtout dans l'âme de la vieille Guite, devenue si discrète par la crainte

des sorciers. Car ce que cette femme et
ses voisines s'étaient conté vingt fois, à
voix basse, sous les grands noyers du
Paraquin, elle n'avait osé prendre sur
elle de le redire à la veillée, devant
tout le village réuni.

Or, nous, que ne retiennent pas les
mêmes scrupules, nous allons vous
dire enfin « pourquoi Tiennon Corbois
avait assisté au service funèbre de
défunt Jean Blaisot. »

III.

Tout à fait à l'orée de la verdoyante
oasis que forme, vers l'orient, le mas-
sif de hauts noyers qui ombrage les
humbles habitations de Cosnay, à
l'entrée de l'une de ces antiques et
larges voies de communication qui,
dans les plus grasses parties du Berry,
servaient jadis de routes royales à nos
pères, il existe, isolée de ses sœurs, et
comme proscrite de la famille, une

vieille chaumine dont les mousses et
les joubarbes ont depuis longtemps
envahi la toiture délabrée. Vis-à-vis
cette masure, et de l'autre côté du
grand chemin, se trouve la chènevière,
compagne inséparable de toute habi-
tation rurale. Entouré de vigoureux
pieds de vigne, dont les longs bras
tortueux s'appuient sans façon sur de
pauvres pruniers qui souffrent un peu
de cette familiarité, ce petit enclos,
quand vient la belle saison, est sans
contredit l'un des plus riants, l'un des
plus coquets du hameau.

Parfois, un murmure de paroles
confuses et inintelligibles frappe l'oreille
du passant qui côtoie cette chènevière.
Si ce passant est un habitant du village, il hâte le pas en dépêchant un
signe de croix ; si, au contraire, il est
étranger au pays, et que la curiosité le
porte à regarder à travers les pampres,
il ne manque pas d'apercevoir, dans

quelque coin du verger, un homme de
stature moyenne, aux membres amaigris par le travail et dont le regard vif
et tant soit peu ironique indique l'intelligence et l'activité.

Cet homme singulier, cet homme
aux paroles mystérieuses, n'est autre
que Tiennon Corbois.

Près de lui se tient d'ordinaire une
grande chienne maigre, au poil fauve
et hérissé, à l'œil inquiet et sauvage, et
qui, malgré son aspect repoussant,
n'en porte pas moins le doux nom de
Charmante.

Or, le 15 août 18.., une bande de
varinaux-tâcherons (1), auxquels Silvain Bonnin avait donné ses blés à
moissonner en gros, venaient de ter-
miner leur rude corvée. Malgré la fati-
gue et la chaleur accablante de cette
journée, ils escortaient en chantant, au

(1) Habitants du pays de *Varenne*, du pays
maigre; ouvriers qui travaillent à la *tâche*.

son de la musette,la dernière charretée
de froment qui rentrait au village et
que surmontait une énorme gerbe
ornée de rubans, de fleurs et de vertes
ramées.

Tous se proposaient de passer une
bonne partie de la nuit à *faire la gerbaude*, réjouissance traditionnelle et
gastronomique qui, dans nos campagnes. couronne tout labeur d'une certaine importance.

Jean Blaisot, le roi ou le chef des
tâcherons, celui qui, durant la moisson, avait *mené la rége* (1), marchait,
ce soir-là, toute besogne faite, à la
suite de ses gais compagnons.

C'était un homme d'une trentaine
d'années à peine, robuste et patient
comme un bœuf. La lenteur un peu
pesante de sa démarche et le calme
puissant de son regard lui donnaient

(1) *Mener la rége* c'est conduire le *sillon* ou
marcher à la tête des moissonneurs pendant le
travail.

même quelque ressemblance avec cet honnête animal ; ce qui, au demeurant, ne l'empêchait pas d'être un fort beau garçon.

Comme il longeait la chènevière du vieux Tiennon, il avança machinalement la main et détacha quelques feuilles de la treille qui bordait le chemin. Au même instant, le propriétaire de l'enclos, qui était aux aguets, pensant qu'on lui dérobait quelque fruit, se dressa derrière la haie, et fixant ses yeux flamboyants de colère sur le moissonneur :

— Tu t'en repentiras !... lui dit-il, d'une voix sourde et brève.

— Il y a bien de quoi, — lui répondit tranquillement le *varinau*, en lui montrant les deux ou trois feuilles de vigne qu'il plaçait au fond de son chapeau pour se rafraîchir le front.

IV.

— Vous serez bien heureux d'en être
quitte pour la fièvre, mon pauvre
Blaisot, disait en entrant dans la cour
de la ferme le *Laboureux-fin*, qui avait
été témoin de cette scène.

— Comment cela ? — demanda le
moissonneur.

— Ma foi ! parce que le vieux Tiennon n'a pas son pareil pour jeter un sort.

— Bah ! — fit le *varinau* d'un air
quelque peu troublé.

— Oh ! *il y est mauvais* (1) !... —
dit, en s'éloignant, le *Laboureux-fin*.

Cependant, une longue table, garnie
de larges gamelles, était dressée dans
la cour du domaine. Tous les moissonneurs y prirent place, Jean Blaisot
comme les autres. Mais il avait à peine
porté quelques morceaux à sa bouche,
qu'il se leva en disant :

(1) Locution très-employée pour dire : *il y est
habile, il y est passé maître.*

— Je suis malade... il y a encore une heure de soleil, je vais aller coucher à Champillet...Adieu,vous autres !

Il jeta sa faucille en sautoir sur son épaule et s'éloigna.

— Tiens !... fit entre ses dents François Bléron, le *Laboureux-fin*.

V.

Huit jours après, le père Bonnin apprenait au marché de La Châtre que Jean Blaisot était dangereusement malade.

Six semaines plus tard, Jean Blaisot était recommandé aux prières de sa paroisse.

Bref, il resta ainsi quatre grands mois, gisant sur son lit, toujours en délire, et parlant sans cesse, dans son égarement, du vieux Corbois, de *feuilles de vigne* et de *sort jeté*.

Enfin, le 28 décembre 18.., il passa de vie à trépas.

Cette mort et les particularités qui l'accompagnèrent eurent du retentissement dans la contrée. A Cosnay, les commères du village en firent d'interminables récits. Elles se rappelèrent une foule de circonstances qui ne laissaient dans leur esprit aucune incertitude sur le pouvoir diabolique de Tiennon. La mère Guite fut jusqu'à dire que, partant un jour à deux heures du matin pour se rendre à la *loue* (1) des vendanges de La Châtre, elle avait rencontré sur son chemin, près de la *Croix-Mort*, le père Corbois qui revenait du Moulin-Barbot, ayant à sa suite une nombreuse troupe de loups. (2)

La vieille Guite, selon sa coutume, était de bonne foi tout en se trompant. Son dire, au reste, était trop plausible pour qu'il vînt à l'idée de ses voisines

(1) Lieu où se *louent* les gens de journée.
(2) Les *meneux de loups* passent essentiellement pour sorciers.

de lui opposer le moindre doute; et
puis, elles n'étaient pas obligées de
savoir que la peur seule avait fait
prendre à la mère Guite pour une
bande de loups, la meute villageoise
que les corpuscules amoureux de la
vieille Charmante, compagne fidèle de
son maître, avaient attirée, ce matin-là,
sur ses traces.

A force de courir par le village, ces
bruits étranges finirent par arriver,
nous ne savons comment, à l'oreille de
Tiennon Corbois. Il s'attendait si peu
à cette accusation, qu'il se contenta,
dans le premier moment, de lever les
épaules en souriant à sa manière. Il ne
chercha pas à se disculper autrement;
les protestations verbeuses étaient peu,
d'ailleurs, dans son caractère : silen-
cieux et réservé, même avec les siens,
il n'était bavard que lorsqu'il se trouvait seul à son travail.

Mais quand cet homme eut acquis la

certitude que de la menace sortie de
sa bouche était réellement résultée la
mort de l'un de ses semblables, son
cerveau si actif ne fut plus préoccupé
que de ce fatal évènement.

Bientôt, un doute affreux, un doute
vraiment satanique, obséda son esprit.

— Si j'étais sorcier !... en vint enfin
à se dire ce pauvre songe-creux.

Oh ! ce fut là pour lui, je vous assure,
une effrayante pensée. Ce fut une
cruelle torture pour cette imagination
aussi effrénée qu'aveugle.

Dès ce moment, le jour, durant son
travail ; la nuit, dans ses veilles, il ne
cessa de murmurer ce sinistre refrain :
« Si j'étais sorcier !... »

Il chercha longtemps dans la prière
quelque allégement à son supplice,
mais l'idée dont sa pauvre tête était
emplie ne lui permettait même pas de
saisir le sens des mots sacrés.

Un soir, qu'entouré de sa vieille

mère, de sa femme et de ses enfants il s'efforçait de prendre part à la prière commune, on le vit tout à coup bondir comme un possédé, et, l'œil hagard, la chevelure hérissée, il s'écria en se heurtant la poitrine : « Je suis sorcier !... je suis sorcier !!.. »

Ce fut en hurlant ces lugubres paroles qu'il franchit le seuil de sa chaumière et disparut dans les ténèbres qui couvraient déjà le village.

On ignora longtemps ce qu'il était devenu. Sa famille, désolée envisageait déjà l'avenir avec effroi ; car trop souvent dans ces pauvres ménages, l'existence d'un grand nombre d'individus dépend du travail d'un seul, espèce de machine vivante qui fonctionne incessamment pour subvenir aux besoins de la communauté. Encore si cette précieuse machine ne se détraquait jamais ! Si les infortunés auxquels le sort a départi cette voie de douleur étaient assurés de verser leurs sueurs chaque jour de leur vie !

L'indigence avait donc pénétré sous le toit du père Tiennon. — Depuis sa disparition, la porte de la cabane était restée constamment fermée, et les souffrances de ses habitants étaient un secret pour tout le village.

Vers la fin du sixième jour qui suivit le départ de Tiennon, au moment où toute la famille, sans doute pour tromper la faim, venait de se coucher plus de bonne heure que de coutume, on entendit au dehors les aboiements d'un chien.

— C'est Charmante qui revient !... dit l'un des enfants, le père n'est pas loin !...

Tout le monde aussitôt se leva ; le *chalin* (1) fut allumé, et un instant après, le vieux Tiennon était au milieu des siens, et s'écriait en les pressant tour à tour dans ses bras :

(1) La lampe.

—Que le bon Dieu et la bonne sainte Solange (1) soient bénis ! j'ai enfin retrouvé le repos que j'avais perdu !..,

A son chapeau brillait un énorme bouquet composé de fleurs artificielles bizarrement coloriées, de globules métalliques et de petits miroirs aux rayonnantes facettes. Il était facile de reconnaître, à ce signalement classique, un pèlerin de sainte Solange, et de deviner à quelle source cet homme avait puisé les puissantes consolations qui avaient si miraculeusement rasséréné son âme.

A partir de ce moment, le calme ne quitta plus l'esprit du vieux Tiennon, et il reprit ses anciennes habitudes sans s'inquiéter désormais des propos de ses voisins. Seulement chaque fois que revenait le 28 décembre, il ne manquait pas de se rendre à Champillet

(2) Sainte Solange, patronne du Berry, est en grande vénération dans nos contrées.

pour « assister au service funèbre de défunt Jean Blaisot. »

FIN DE LA PREMIÈRE PARTIE

DEUXIÈME PARTIE

Vie Provinciale au XVIII° Siècle

PRÉAMBULE

Les chapitres qui suivent concernent
une ville particulière, mais ils sont
applicables à un grand nombre d'autres.

Partout, avant 1789, les routes et
les communications étaient rares et
difficiles, l'industrie et le commerce
peu répandus, et la Presse, ce puissant
lien intellectuel, n'existait pas.

Aussi, en ces temps-là, la plupart
de nos vieilles et bonnes sociétés pro-
vinciales vivaient-elles de la même
façon, absolument cantonnées chez
elles et forcées de se suffire à elles-
mêmes.

Chapitre I.

De l'État Civil avant la Révolution

Il y a relativement peu de temps
qu'en France les registres de l'état
civil sont passablement tenus : aussi
est-il fort difficile d'établir la filiation
des familles.

Voici deux exemples entre mille de
l'insouciance avec laquelle on enregis-
trait, encore au commencement du
dix-huitième siècle, et beaucoup plus
tard, les naissances, mariages et décès :

« *Aujourd'hui, 15 juillet 1710,
enterré un enfant de chez le maître
boucher de cette ville.*

Signé : *Simonet*, curé.»

« *Aujourd'hui, 28 juin 1713, enter-
rée la bonne femme jardinière de
Cosnay.* »

Cependant, dès 1560, une ordon-

nance, rendue par les états d'Orléans,
enjoignait à toutes les paroisses du
royaume de tenir des registres propres
à inscrire les mariages, naissances et
sépultures. Jusque-là, dans la plupart
des paroisses, ces registres, ou manquaient tout-à-fait, ou étaient fort mal
tenus. Alors, dans le cas de contesta-
tion, la filiation était prouvée par
témoins.

On voit par les deux exemples que
nous venons de rapporter que, plus
d'un siècle et demi après sa publica-
tion, cette ordonnance était loin, à La
Châtre, d'être strictement exécutée.

Il paraît qu'il en était de même par
toute la France : — « Les plus anciens
registres de l'état civil de Paris, dit
M. Berriat-Saint-Prix, et, à notre connaissance, on n'en trouve dans aucune
ville d'époques plus reculées que dans
la capitale, remontent à l'an 1515
(*paroisse St-Jean en Grève*). Dans l'in-

tervalle qui s'écoula depuis, jusqu'à
l'ordonnance de 1539, la première loi
française relative à l'état civil, nous
comptons quinze paroisses qui ont des
registres des baptêmes, tandis que
nous n'en trouvons que trois qui aient
des registres des mariages, et une seulement des registres des décès. — Bien
plus, ce ne sont point des actes qu'on
lit dans ces quatre registres, mais de
simples indications qu'on peut consi-
dérer comme des tables et des tables
très incomplètes.

« L'ordonnance de 1539 ordonnait
de déposer annuellement les registres
de l'état civil aux greffes des baillages
et sénéchaussées ; cette mesure, renou-
velée dans la suite par les ordonnan-
ces ou édits de 1579, 1595, 1629 et
1667, ne put jamais être exécutée ; les
ecclésiastiques sûrent se soustraire aux
peines prononcées par les lois pour
leur désobéissance. Il fallut deux siè-

cles pour les soumettre, et ce ne fut
qu'en 1736, lorsque Louis XV, ou
plutôt d'Aguesseau eut établi des registres doubles, que les greffes des tribu-
naux furent enfin saisis de ces docu-
ments si importants pour la tranquillité des familles et des particuliers.

« Les ecclésiastiques considéraient
ces actes comme leur propriété plutôt
que comme celle de la société, et les
cahiers ou volumes qui les contenaient
plutôt comme des journaux les intéressant eux-mêmes que comme des registres réservés exclusivement à constater
l'état des particuliers. Il est difficile
d'écarter cette idée, lorsque l'on voit
ce qu'ils mêlaient parfois à leurs actes.

« Tantôt ce sont des récits de faits
qui n'y ont aucun rapport ; tantôt des
réflexions, des naïvetés, des anecdotes;
en voici des exemples :

« Le 29 d'août 1574, furent bapti-
sées deux filles gemelles et de la même
ventrée. »

« Dans un baptême d'une fille d'Etienne Lemire, laboureur, du 20 décembre 1661, le curé de Clignancourt ajoute : « c'est la dixième de suite sans aucun mâle, et toutes les autres sont vivantes. »

« Le 30 juin 1644, dit celui de la Villette, j'ai célébré un service pour le repos de l'âme de François Gaignet, mon bon ami, lequel a donné plusieurs choses pour mon église. » Et il signe : Cottereau, curé et ami.

« Dans le registre des décès de Saint-Paul, rédigé par un vicaire au XVIIᵉ siècle, on trouve entre autres notes curieuses les suivantes :

« Au 31 décembre 1629 et au 1, 2, 3 et 4 janvier 1630, il donne le détail des étrennes qu'il a reçues pour le premier de l'an. En voici le résumé : onze bouteilles de vin dont deux de blanc : quatre boîtes de conserves ; trois chapons, dont un, dit-il, prêt à

mettre à la broche ; trois livres de
bougies ; deux fort bons fromages ;
deux grands pots de beurre , une bou-
teille d'hippocras ; un lapin de garenne;
une langue fumée ; un gâteau, une
talmouse ; une douzaine de serviettes ;
une pistole d'Espagne ; trois écus d'or.

« A l'acte d'une inhumation faite le
29 octobre 1650, il ajoute : — « M. de
Saint-Paul (son curé) me commanda
d'aller dîner avec lui, où de sa grâce je
fis bonne chère : *vivat ad multos
annos !* »

« Peut-être cette chère fut-elle trop
bonne, car il écrit à la suite d'un convoi
fait le lendemain : « je pris un lave-
ment pour apaiser une colique. »

Je me rappelle, à ce propos, avoir
souvent entendu raconter que l'un des
derniers curés de St-Denis-de-Jouhet,
près La Châtre, était dans l'habitude
de consigner sur les registres de sa
paroisse, les moindres particularités

de son ménage. Il y inscrivait d'ordinaire le compte du linge qu'il faisait
mettre à la lessive, et l'on assure avoir
vu sur le cahier qui contenait les décès
de ses paroissiens la mention suivante :
« Aujourd'hui 23 juillet 17.., ma bonne
petite jument grise est morte des
tranchées. »

J'ai eu la curiosité de vouloir me
rendre compte de l'état des archives
municipales de La Châtre. Lorsqu'après
avoir dépouillé ces vieilles et poudreu-
ses généalogies, je me trouvai au
milieu des ancêtres d'une foule de
personnes avec lesquelles je suis aujourd'hui en relation, je fus vivement
contrarié de ne pouvoir percer les nuages qui, dès la fin du seizième
siècle, couvrent le berceau de toutes
nos familles. Loin d'être mû, durant
ces recherches, par une vaine curiosité,
c'étaient au contraire de sérieuses pensées qui me préoccupaient. Emerveillé

de rencontrer si peu d'instabilité dans le sort de beaucoup de ces postérités, j'aurais voulu savoir, en poussant bien plus avant mes investigations, jusqu'à quel point la Providence est soucieuse de la conservation et de la destinée des familles. Parvenu à cette époque, les registres de l'état civil sont dans un tel désordre, et d'ailleurs tellement rongés par les rats et l'humidité, que, malgré tout mon bon vouloir, il m'a été impossible de remonter plus loin. Pierre d'Hosier lui-même, le fameux généalogiste, y eut jeté son bonnet. Nul ne pourra donc fouiller dans ce passé si peu reculé : grâce à l'insouciance de nos pères, il sera à jamais pour nous lettre close.

Quoi qu'il en soit, dans les villes comme La Châtre, où le commerce et l'industrie n'ont point encore pénétré, où l'ambition est sans aliment, où les fortunes, toutes foncières, se transmet-

tent, presque sans accroît ni diminu-
tion, d'une génération à l'autre, il est
tout simple que les différentes classes de la société descendent, sans
grandes vicissitudes, et sans se mêler,
le cours monotone des siècles. Ces
petites cités sont, dans l'ordre moral,
des espèces d'Herculanum, où rien ne
prospère ni ne déchoît, où rien ne s'é-
lève ni ne tombe, où le vol du temps,
ainsi que le branle de la roue de la
fortune sont également insensibles. Il
peut se faire que ce calme plat ne
déplaise pas aux esprits timides et
indolents ; mais il pèsera infailliblement aux hommes doués d'activité ou
d'imagination. De tels séjours rappel-
lent trop ces caveaux funèbres qui ont
la propriété de momifier les cadavres
et d'éterniser le néant. L'immobilité,
même conservatrice, ressemblera toujours à la mort ; le mouvement, même
destructeur, sera toujours la vie.

Chapitre II.

Sépulture dans les Eglises

Depuis les guerres de religion, c'est-à-dire à partir à peu près de 1565, les fidèles tenaient singulièrement à être enterrés dans les églises. Avant cette époque on inhumait déjà dans l'enceinte des temples les ecclésiastiques et les dignitaires des chapitres. Lorsque l'on eut admis dans les nefs et les chapelles les dépouilles mortelles des notables de la paroisse, le chœur seul fut consacré à la sépulture du clergé.

Comme on était persuadé que ce privilège affranchissait des peines du purgatoire, c'était à qui s'introduirait, après sa mort, dans le saint lieu. Et bientôt, moyennant finance, le premier coquin venu put se procurer cette prérogative et entrer de plein saut dans le

paradis. — Ne riez pas trop : on voit
de nos jours des choses aussi sensées, et
l'argent fait encore de ces merveilles.
La capacité politique ne s'acquiert-elle
pas aujourd'hui (1835) par le même
moyen, et, qui plus est, par ce seul
moyen ? Au moins, en fait de religion,
le pauvre, par une vie irréprochable,
pouvait prétendre aux mêmes avantages
que le riche ; au lieu que, en fait de
politique, il est interdit à l'homme probe,
intelligent et instruit, lorsqu'il ne paye
pas *le cens*, d'avoir les mêmes prétentions que l'homme de rien qui, grâce à
ses friponneries trop souvent, peut
verser, chaque année, deux cents
francs dans la caisse du percepteur.

En 1754, il en coûtait vingt livres
pour se faire enterrer dans la nef de
l'église paroissiale. Au reste, une
ordonnance royale, en date du 10 mars
1776, défendit expressément d'inhu-
mer dans les temples.

Chapitre III.

Passe-temps provinciaux

Autrefois nos principales familles vivaient dans une grande intimité et s'ingéniaient à faire naître les occasions de se réunir et de se recevoir. Tout était prétexte à des divertissements auxquels, dans ses loisirs, la jeunesse prenait part d'une façon honnête et naïve. — Pour elle, c'étaient des présentations d'enfants au baptême, toujours suivies d'un gai festin; des *nominations de cloches*, des promenades publiques ; des bals, des fêtes et divertissements de toute espèce, donnés et acceptés, sous les yeux des parents, par les adolescents des deux sexes.

Nous n'avons plus cette bonhomie de mœurs ; la bourgeoisie de nos jours est beaucoup plus *collet-monté*. Elle

laisse les joies vulgaires du *compérage*
aux artisans, et les pompes de consé-
crations de cloches aux fabriciens et
aux dames de charité.

Si vous me demandez comment des
fortunes, souvent médiocres et bour-
geoises, pouvaient suffire à la dépense
que devaient occasionner ces réunions
nombreuses et répétées, je répondrai
que nos pères possédaient l'inappréciable secret d'être heureux à bon
marché : science précieuse, dont notre
excessive vanité nous fait négliger de
plus en plus les patriarcales traditions.

Ce qui, jadis, eût largement suffi à
festoyer et à tenir en joie, quinze jours
durant, une douzaine de braves convives, nous le dépensons fastueusement
aujourd'hui en une seule séance.

A l'heure qu'il est, à La Châtre, le
moindre huissier se ferait sauter la
cervelle plutôt que d'offrir à ses amis
un repas sans marée, sans truffes et

sans vin de Champagne. — Il y a soixante ans (1) il n'arrivait dans nos
murs, en fait de marée, que du hareng et
de la morue ; l'huître n'y était connue
que par la fable des *Plaideurs* du bon
La Fontaine. La truffe y passait pour
un végétal imaginaire, une espèce de
mandragore, dont on vantait, sans y
croire, les mystérieuses propriétés. Et
si l'on venait à disserter sur le champagne, ce n'était qu'à l'instar des
mythologues glosant sur l'ambroisie,
c'est-à-dire sans pouvoir en donner
une idée précise.

Alors, dans les meilleures maisons
de la ville, lorsqu'il s'agissait d'un
repas confortable, le mets important
du festin était un coq d'Inde, une oie
grasse ou un cochon de lait. Si le
nombre des parents ou des amis était
considérable, on servait les trois pièces
à la fois. Le reste du menu, — passez-

(1) C'est-à-dire vers 1780.

moi l'impropriété du terme — consis-
tait en bœuf à la mode, en fricassées
de poulets, etc. Pour entremets, des
beignets, des *popelins* ou *gouères*. Au
dessert, dans la *saison-morte* : du
fromage vieux de pays, des châtai-
gnes, des noix et des poires-tapées.
En été, du fromage à la crème, alors
appelé *coupeau,* parcequ'on le servait
dans une *coupe* en terre brune de Verneuil qui, trouée en mille endroits,
laissait échapper, goutte à goutte, le
petit lait, irrécusable indice de la fraîcheur du fromage. Le modeste *vin cuit,*
le stomachique *cassis* et la salutaire
eau de coing remplaçaient, à la fin du
dîner, les innombrables liqueurs avec
lesquelles les liquoristes nous empoi-
sonnent aujourd'hui.

On prisait bien plus, dans un repas,
l'abondance que la délicatesse. — On
m'a souvent conté que dans un pique-
nique, où chaque convive était tenu de

fournir son plat, plus de la moitié des
personnes qui devaient y prendre part,
pensant faire une agréable surprise à
la réunion, apportèrent, chacune de
son côté, un énorme cochon de lait.
La stupéfaction fut générale, mais ne
dura pas longtemps. On se mit bravement à l'œuvre, et tout y passa. — Ce
qui est vraiment digne de mémoire, ce
qui prouve l'énergique puissance des
estomacs d'alors, c'est que, pour aucun
des convives, ce repas homérique n'eut
de suite fâcheuse : on n'avait pas encore
inventé la gastrite.

Toutefois, ces passe-temps faciles et
peu coûteux avaient de grands incon-
vénients. Ils entretenaient dans la
bourgeoisie un dévergondage de mœurs
que nous ne pouvons nous expliquer
que par l'ignorance presque générale
et l'oisiveté abrutissante où croupis-
saient nos pères.

En ces temps-là on ne connaissait

pas les cafés. Les bourgeois oisifs, dont
l'espèce a toujours été fort nombreuse
à La Châtre, se rendaient dans un ou
deux cabarets en vogue pour y tuer le
temps. C'étaient des sortes de bouges
où régnait la licence la plus effrénée,
Là, on buvait du vin du pays, du blanc
surtout, l'unique champagne de nos
pères. On jouait la *Bête-ombrée*, la
Mouche, la *Brisque*. Quelquefois, ces
messieurs, ne trouvant pas ces plaisirs
assez âpres, y joignaient des distractions érotiques que n'assaisonnait pas
toujours la plus exquise délicatesse,
car les dames Grégoire de ces taudis
n'étaient pas toutes aussi gaillarde-
ment spirituelles que celle de Béranger.

Les conversations auxquelles se
livraient les habitués du cabaret, ne
roulaient pas. comme aujourd'hui, sur
la politique, mais sur des sujets liber-
tins et crapuleux. — Il faut bien le
dire : nous valons mieux que nos

pères sous ce rapport. Il semble que le
café, cette boisson de bonne compagnie, ait modifié, en les épurant, les
mœurs et l'esprit de la classe aisée.

« Chaque jour, dit Brillat-Savarin,
des milliers d'hommes passent au
spectacle et au café la soirée que,
quarante ans plus tôt, ils auraient
passée au cabaret. Sans doute l'écono-
mie ne gagne rien à ce nouvel arran-
gement, mais il est très avantageux
sous le rapport des mœurs. Les mœurs
s'adoucissent au spectacle ; on s'instruit au café par la lecture des journaux, et on échappe certainement aux
querelles, aux maladies et à l'abrutissement qui sont les suites infaillibles
de la fréquentation des cabarets. »

Il m'est impossible de parler de ces
vieilles mœurs sans rapporter deux
anecdotes qui compléteront l'idée que
l'on doit se faire de ces longues séan-
-ces de cabaret.

20

LA COLLATION (1)

Par une assez maussade matinée du printemps de 1740, deux honnêtes habitants de La Châtre, prudent homme Claude Parnajon marchand de drap de soie, et honorable Jacques Selleron élu en l'élection de cette ville, après avoir parcouru, en sens opposé, les deux extrémités de la grande place du Marché, se rencontrèrent, sans préméditation aucune, sous l'immense et sombre hangar qui servait alors de halle, et qu'empuantissaient deux longues files d'étaux de bouchers.

Après quelques allées et venues sous ce dégoutant charnier, promenoir ordinaire, en temps de pluie ou de soleil, des flâneurs de la ville, nos deux amis s'acheminèrent, toujours sans prémé-

(1) *Collation* : mot venu du cloître, parce que vers la fin du jour, les moines s'assemblaient pour faire des conférences sur les Pères de l'Eglise, après quoi on leur permettait un verre de vin. (Brillat-Savarin).

ditation et même sans se donner le mot,— tant la pente était naturelle !— vers l'un des plus renommés *bouchons* de l'antique *Château-Vieux*. (1)

Ils entrèrent là comme chez eux, s'emparèrent des deux coins de l'âtre, réveillèrent les tisons assoupis, et, frappant du poing sur la table, firent à la tavernière un appel plus énergique que de coutume.

Celle-ci parût bientôt, armée de deux énormes *pichets* d'étain fraîchement remplis.

A la vue de l'écume pétillante et rosée qui débordait l'évasement de leurs larges gueules, une sensation styptique, semblable à celle qu'éprouve un écolier près de mordre un fruit vert, humecta le palais de nos bourgeois connaisseurs.

— « Nous les boirons à ta santé, Gerbaude ! » dit de ce ton câlin qui

(1) Nom du plus ancien quartier de la ville.

tient à notre accent, maître Parnajon,
en caressant de l'œil et de la main le
ventre proéminent des deux brocs et
les formes non moins rebondies de
l'hôtelière.

— C'est du vin gris du *Mas-des-Jar-
riges*, mes bons messieurs, reprit la
provocante Gerbaude, vous en serez contents... Faut-il vous préparer des gril-
lades de porc frais pour votre déjeuner ?

— Apprête ! dit maître Selleron,
et donne des cartes.

Moitié jouant, moitié causant, on mit
lestement à sec, en attendant les gril-
lades, les deux pots d'étain, qui ne
contenaient pas moins chacun de leur
double pinte.

Je n'entreprendrai pas de vous
nombrer combien de fois, pendant et
après le déjeuner, les deux brocs géants
firent le voyage de la cave ; qu'il vous
suffise de savoir que, lorsque l'*angelus*
du soir vint à tinter au chapitre de

Saint-Germain, nos braves bourgeois,
le nez franchement appuyé sur les ais
envinés de la table du bouge, ron-
flaient à qui mieux mieux.

Ce fut Parnajon qui le premier sortit
de son assoupissement bachique.
Comme il avait en partie recouvré la
lucidité de ses idées, il ne fut pas
médiocrement surpris de s'éveiller à
la lueur blafarde de la lampe de dame
Gerbaude.

— « Allons ronfler chez nous, compère ! » cria-t-il à tout rompre, dans
l'oreille de l'obstiné dormeur.

A cet appel un peu brusque, Selleron, dont la cuvée n'était pas encore à
fin de fermentation, se redressa chan-
celant, et fixant en silence son regard
hébété sur Parnajon, s'efforça vainement, à travers les vapeurs qui enfu-
maient son cerveau, à constater l'iden-
tité de son partenaire.

— « Monsieur, balbutia-t-il enfin, en

se découvrant, et du ton le plus sérieux, me ferez-vous le plaisir de m'apprendre avec qui j'ai eu l'honneur de *collationner ?* »

« — « Oh ! reprit son camarade, en riant aux éclats, tu as fait plus que collationner, mon compère ; autrement tu n'en serais pas à méconnaître ton vieil ami Parnajou ! »

Ces orgies ne se terminaient pas toutes d'une manière aussi bouffonne. De temps à autre il s'élevait entre les buveurs d'orageuses querelles qu'ensanglantait parfois la coutume, alors générale dans la haute bourgeoisie, de porter l'épée.

Nous trouvons dans un vieux manuscrit, recueil judiciaire de cette époque, la relation suivante :

Le 12 décembre 1672, quatre jeunes hommes, savoir : Pondron, Villegondoux, Donguy et Dévolue soupaient au cabaret en chambre haute. Près d'eux, en même chambre, mais à une autre table, soupaient également de compagnie Tayon, Cosnay et Letellier.

L'un de ces jeunes gens, — la chronique se tait sur son nom, — jugeant à propos de satisfaire sur place un besoin impérieux, l'hôtesse, qui trottait en bas par son laboratoire, reçut sur le chef une partie de ce dégoûtant résidu. Elle ne fut pas longtemps à reconnaître la nature minérale de cette douche de nouvelle espèce, et montant aussitôt, quatre à quatre, les degrés qui conduisaient à la chambre haute, elle se plaignit amèrement de l'incongruité.

Dénégations des deux tablées, qui s'accusent réciproquement et passent, en une seconde, des injures aux menaces.

On lève le siège : Pondron et ses amis sortent les premiers du cabaret et se rendent sous les halles. Cosnay et les siens y arrivent aussi quelque temps après.

A l'approche de ces derniers, Pondron s'écrie :

— « Qui va là ? »

— « Moi ! » dit Cosnay.

— « Or sus ! repart Pondron, au
vent les flamberges, et au jour, s'il est
possible. »

Tous mettent soudain l'épée à la
main, mais confusément et dans l'ombre. Une affreuse mêlée s'ensuit que
terminent bientôt un cri de détresse et
la chute d'un corps sur le pavé.

C'était Letellier qui venait d'être
percé d'outre en outre et qui mourut
le lendemain.

CHAPITRE IV

La Haute Bourgeoisie

Ce que l'on appelait au XVIIIe siècle la haute bourgeoisie, fut, en général, travaillée d'une excessive appétence
de gentilhommerie.—Manie incurable,
dont M. Jourdain n'avait pu guérir
son siècle; et que n'a pas encore fait
disparaître le large principe égalitaire
proclamé par notre grande révolution.
Folie presque générale chez nous autres
Français, où la vanité et toutes les
infirmités qui en dérivent furent de
tout temps endémiques, et où ceux qui
affectent le plus de se moquer de cette
maladie sont souvent ceux qui en sont
le plus gravement atteints.

Au siècle dernier, la haute bourgeoisie de La Châtre, ainsi que celle de la
plupart des villes où le commerce
n'avait aucune importance, ne se com-

posait que des principales autorités et
des particuliers qui, de temps immémorial, vivaient de leurs revenus, ou
exerçaient des professions libérales.
Ainsi un marchand retiré du commerce, quelle que fut sa fortune, quelle
que fut la considération personnelle
dont il jouissait, ne pouvait espérer,
ni pour lui, ni pour les siens, d'être
reçu dans ce que l'on appelait alors la
première société. Cela était fort absurde,
mais cela était ainsi. On eût bafoué
M. Jourdain, à La Châtre, non-seulement pour ses aspirations à la noblesse,
mais encore pour ses prétentions à la
haute bourgeoisie.

Ces lignes de démarcation, dans
l'ancienne société, étaient tellement
acceptées que dans les actes publics on
ne donnait aux marchands les plus
huppés que la qualification de *prudent
homme*, tandis que les bourgeois y
étaient qualifiés d'*honorables hommes*

et même quelquefois de *nobles hommes*.
Nos deux révolutions, mais surtout la
dernière, celle de 1830, ont changé
tout cela.

La Châtre et ses environs ne furent
jamais le berceau d'aucune noblesse
titrée, bien que, de leur propre autorité, certains de nos gentilshommes eussent pris les titres de marquis, comte
et chevalier. L'éducation et les habitudes de ces familles patriciennes
étaient absolument les mêmes que
celles de notre bourgeoisie, avec laquelle elles vivaient et contractaient
journellement des alliances. Depuis
longtemps, du reste, la plupart de nos
principaux bourgeois affichaient aussi
de leur côté des prétentions non moins
ambitieuses. Beaucoup tranchaient du
seigneur, quelques-uns même de
l'*écuyer* et avaient des armoiries.

Supposez que 89 ne fut pas venu
passer son inflexible niveau sur toutes

ces audacieuses vanités ; le temps, ce
grand imposteur, aidé des généalogis-
tes qui ne le sont souvent pas moins,
eût revêtu ces nouvelles origines de
son opaque et prestigieux vernis, et,
par la suite, elles auraient brillé d'autant d'éclat que certaines aristocraties,
aujourd'hui bien établies, et qui pourtant n'ont pas eu d'autre consécration.
Au train que prenaient les choses, un
temps serait venu, où, proportion
gardée, La Châtre aurait fourmillé
d'autant de gentillâtres que notre
bonne ville de Bourges, cette Chanaan
aristocratique, où tout bourgeois était
baron, et où, en temps d'élections
municipales, les nobles poussaient
aussi drus que les mousserons dans
nos pâtis, quand nous arrive le mois
d'avril.

La noblesse, autrefois, était un précieux talisman qui procurait aux sei-
gneurs de beaux et bons avantages ; de

nos jours, c'est un vain joyau qui ne
sert plus guère qu'à flatter l'amour-
propre de celui qui le possède. Voilà
pourquoi, sans doute, les tendances de
notre siècle ont pris une autre direction.

Chaque âge a son idole. — La soif
immodérée de l'argent l'emporte maintenant sur l'amour des distinctions. On
préfère, sous le règne où nous vivons,
le rôle de Turcaret à celui de M. Jourdain. Le *fond social* imaginaire a dé-
trôné l'écusson de contrebande ; et
malheureusement les dupes de ce nouveau charlatanisme sont autrement
lésées que celles que pouvaient faire
les folles prétentions d'un bourgeois
gentilhomme (1).

Mieux valait donc la marotte de nos
pères. L'enivrement où nous jette l'or,
bien ou mal acquis, aura toujours

(1) Allusion au procès contre Emile de Girardin,
Clémann et C¹ᵉ à propos des mines de St-Bérain,
puis aux affaires Teste, Cubières, etc. Depuis
nous en avons bien vu d'autres.

quelque chose de plus choquant que celui que nous donne une naissance plus ou moins distinguée. En un mot, la manie des grandeurs ne peut que nous rendre ridicules ; la soif des richesses nous rend presque toujours fripons.

La raison a fait justice des chevaliers de l'ancien régime ; qui nous délivrera des *chevaliers d'industrie ?*

Au demeurant, on ne doit jamais être vain de sa naissance ; mais il est permis à l'honnête homme d'être flatté d'appartenir à une famille honorable ; surtout dans le temps où nous vivons ; surtout en présence de ces mille parvenus qui surgissent, chaque matin, des couches infimes de la société, et qui, semblables à ces végétations soudaines qu'engendre l'impure fermentation du fumier, ne doivent eux-mêmes qu'à la corruption le subit accroissement de leur fortune.

CHAPITRE V.

La Chapelle de Cosnay

Au siècle dernier, le village de Cosnay, beaucoup moins peuplé que de nos jours, et partant beaucoup moins misérable, avait un aspect plus heureux et plus riant. Il était fier alors de son antique chapelle, pure de toute profanation (1).

Souvent, sur le déclin d'un beau jour, les villageois qui revenaient du travail, voyaient s'acheminer vers le château quelque bon vieux prêtre des environs, un bréviaire sous le bras, et à la main un long bâton de pasteur. — « Il y aura messe demain à la chapelle, s'empressaient-ils de dire en rentrant chez eux : M. le Prieur de Montlevic,

(1) Très petite chapelle du 16ᵉ siècle, ruinée lors de la révolution : ce qui en reste sert de demeure à une famille de ménageots.

ou M. le Chanoine L. couche cette
nuit au château. »

Toujours cette simple nouvelle cau-
sait à la famille une douce satisfaction;
car, en ce temps-là, le prêtre de campagne comprenait sa mission. Il n'a-
vait point encore songé à spéculer sur
ce qu'il y a de plus sacré, et eut rougi
de marchander ses prières aux pauvres.
Consoler, encourager, telle était la base
de sa doctrine vraiment évangélique.

Le pasteur, homme de mœurs sûres
et polies, parce qu'il ne sortait pas,
presque toujours comme à présent, de
l'échoppe d'un chaudronnier, ou de
celle d'un marchand d'habits-galons,
était partout accueilli avec empressement et confiance. — Et que l'on ne
pense pas que ces paroles nous soient
dictées par une sotte vanité, bien loin
de notre manière de voir. Certes, nous
savons que s'il est des voies accessibles
à tous, ce doivent être celles de l'au-

tel ; mais nous ne pouvons que déplo-
rer le mode de recrutement auquel est
maintenant réduit le clergé. Ce ne sont
plus en effet que de malheureux prolétaires, dévorés d'enfants, qui, per-
suadés que le sacerdoce est le meilleur
des métiers, versent dans les séminai-
res le trop-plein de leur maisonnée,
dans l'espoir, que tôt ou tard une partie
de leur monde mettra la nappe sur
l'autel et vivra de la messe. Comment
voulez-vous que ces sacrilèges indus-
triels donnent à la parole du Christ
toute sa portée, et que par de tels or-
ganes la grâce vivifie.

L'inique droit d'aînesse avait peut-
être cela d'utile qu'il engageait une
foule de cadets de bonne maison à
entrer dans les ordres. Ces jeunes gens
qui, s'ils avaient été dépouillés de leur
patrimoine, avaient au moins participé
aux salutaires enseignements de la
famille, apportaient, en général, dans

21

le ministère des autels, du désintéres-
sement et de la décence. Soucieux de
l'honneur de leurs proches, avec lesquels ils continuaient de vivre, leur
conduite était d'ordinaire pleine de
dignité et de retenue, et pouvait servir
de modèle et de règle à la tourbe de
leurs confrères. Les traditions d'honneur qui se perpétuent dans toutes les
familles où règnent une certaine aisance
et quelques lumières, et qui seront
toujours les bases principales de la
morale publique, ne sauraient existor
chez le pauvre et l'ignorant. Assurément, la famille moralise ; mais ce n'est
qu'autant que la misère n'est point
assise au foyer domestique. Dans l'état
actuel de notre société, le pauvre est
condamné à employer tous ses moments, toutes ses facultés, à se procurer
le pain de chaque jour, et, trop souvent
les exigences de sa faim parlent plus
haut que celles de sa conscience.

Nous savons du reste que parmi ces
prêtres fournis par les derniers rangs
de la société, il s'en trouve de fort
honorables, et ceux-là n'en ont que
plus de mérite à nos yeux ; mais les
déréglements des Bunel, des Robert,
des Nandillon, des Renaud et de tant
d'autres, qui, dans ces derniers temps,
ont occasionné de si grands scandales
dans nos contrées, prouvent suffisam-
ment la vérité de notre assertion.

Or, c'était, ainsi que je vous l'ai dit,
un jour de grande fête à Cosnay que
celui où l'on y célébrait la messe. Dès
le matin, les deux cloches du hameau
s'agitaient en cadence sous les campa-
nilles jumelles qui couronnaient alors
de leurs gracieuses ogives le front du
saint édifice. Les bruyants appels
qu'elles jetaient à la campagne, d'une
voix claire et joyeuse, étaient toujours
entendus. Les Baudins, les deux Pou-
zeries, les Raguins, St-Loup, Vaissière,

Crémeux, les Amourets ; en un mot,
tous les villages, toutes les métairies
des alentours s'empressaient de fournir leurs pieux contingents.

D'ordinaire, l'humble enceinte de la
chapelle ne suffisait pas à contenir la
rustique assistance, et le flot des fidèles, refluant au dehors, se répandait
sur la pelouse verdoyante du vieux
Paraquin (1). Oh ! vous n'eussiez pu,
croyez-moi, contempler sans attendris-
sement l'attitude grave et recueillie de
ces groupes de laboureurs, prosternés,
tête-nue, par une belle matinée de
printemps, aux abords du saint lieu. La
prière alors n'était interrompue que
par le gazouillement des hirondelles
qui se jouaient le long de la frise du
vieil édifice. Parfois aussi, durant les
silences qui entrecoupaient les saints
cantiques, il s'élevait des bords de

(1) Vaste communal ainsi nommé et s'éten-
dant à l'orient du village et devant la chapelle.

l'Igneray, une voix douce et touchante
qui remplissait la vallée d'une ineffable
harmonie : c'était le chant mélancoli-
que du rossignol, l'organe le plus
digne de transmettre au Créateur les
actions de grâce de la nature.

Chapitre VI

La fin d'un Monde

Dans les années qui précédèrent la révolution de 1789, La Châtre offrait, à l'élite de ses habitants, des plaisirs plus variés que ceux que l'on y goûte aujourd'hui, et même depuis longtemps.

La haute bourgeoisie était alors dans l'habitude de *donner des cafés*. On appelait ainsi des réunions dans lesquelles, après un déjeuner plus ou moins délicat, les convives humaient, avec un certain cérémonial, l'enivrante liqueur de ce nom. Ces *cafés*, qui se renouvelaient assez fréquemment, étaient toujours suivis de jeux de cartes et de danses. Tandis que les jeunes gens des deux sexes s'abandonnaient avec délice aux langoureuses et élégantes figures du menuet et de la sarabande ; les personnes entre deux âges,

et surtout les mamans, se livraient
avec non moins d'ardeur aux saisissantes émotions de la *brisque* et de la
mouche. La passion du jeu était si
grande parmi ces dernières, qu'aucune
d'elles ne rendait de visite sans avoir
des cartes en poche. Les pertes que ces
distractions leur occasionnaient allaient
parfois si loin que, pour y suffire, plus
d'une mère de famille que je pourrais
nommer, vendit souvent, à l'insu de son
mari, des sacs de blé qu'elle avait eu
préalablement la précaution de faire sauter nuitamment du grenier dans la rue.

La bonne harmonie, la cordiale
entente qui régnaient entre tous les
membres de cette société, faisaient
que la moindre réjouissance de famille
en devenait une pour tout le monde.
Un anniversaire de naissance, un
baptême, une simple fête patronale,
étaient des motifs suffisants de joyeuse
assemblée.

La maison de V., alors dans toute sa splendeur, contribuait surtout aux plaisirs de la ville.

Nicolas de V. était, vers ces temps-là, le chef de cette famille. Il jouissait, à La Châtre, d'une telle considération qu'un lendemain de foire de La Berthenoux, un Donguy lui dit fort sérieusement :

—« M. le marquis, j'ai eu l'honneur de voir vos beaux bœufs, hier, à la foire. »

Nicolas était un homme fort riche, déjà avancé en âge, de mœurs douces et simples, et qui ne prenait pas trop au sérieux son titre de fraîche date. Aussi, vivait-il bourgeoisement au sein de la cité. La noblesse et la fleur de la bourgeoisie s'assemblaient fréquemment dans ses salons, et il ne manquait jamais, quand venait la Saint-Nicolas, de donner un banquet patronal à ses amis les plus intimes.

L'accès de ces réunions était d'au-

tant plus envié qu'elles ne se compo-
saient que des personnes les plus
notables de la ville. N'y avait pas ses
entrées qui voulait : cet honneur n'é-
tait guère dévolu qu'à ceux qui pouvaient prouver un certain nombre de
quartiers, sinon de noblesse, au moins
de vieille et bonne bourgeoisie.

L'esprit d'égalité qui commençait à
peindre ne tarda pas d'organiser contre l'hôtel de V. une espèce de *fronde*
au petit pied, et la Saint Nicolas de
1783 fut suivie d'un incident plein
d'audace qui fit jeter les hauts cris
aux familiers de la maison de V., et
tint longtemps toute la ville en émoi.

Un M. Coulmain, jeune et spirituel
abbé qui, plus tard, lorsque la révolution éclata, jeta sa soutane aux orties,
et se maria, occasionna ce grand scan-
dale, en publiant des couplets satiri-
ques où il passait en revue les principaux habitués de l'hôtel de V.

Comme la satire a toujours plus de retentissement que la louange, après plus de soixante ans cette chanson, passablement mordante subsiste encore par lambeaux dans la mémoire de quelques anciens du pays près desquels, en ma qualité d'amateur de légendes, je me suis empressé de la recueillir.

La voici, accompagnée de toutes les notes explicatives que j'ai pu me procurer.

CHANSON

Composée par l'Abbé Coulmain

à l'occasion de la Fête de M. Nicolas de V.

(AIR : *Tous les bourgeois de Chartres et ceux de Montlhéry*)

Pour célébrer la fête
De maître Nicolas
Tout le monde s'apprête
A faire grand fracas ;
Notre bureau d'esprit fait un grand étalage :
Grand bruit par toute la maison ;

Fleurs, couplets, tombent à foison,
  Sur ce grand personnage.

La principale actrice,
La dame de Nohant (1),
Conduisant son jocrisse (2),
Fit un beau compliment :
« Du comte et des valets nous bravons la
  Dit-elle, pour ma pension [grimace (3)
Je viens de faire une chanson,
  Agréez-la de grâce. »

Ce superbe cantique,
De quinze à vingt couplets,
Fait, ce dit-on, la nique
A ceux que fit Duplex, (4)
La Salle et Letellier en font un grand éloge (5)
  D'Aigurande, grand connaisseur (6),

(1) Ce ne fut que plus tard que la maison Dupin, de laquelle est issue George Sand, fit l'acquisition du château de Nohant.
(2) Son mari, le marquis de Serennes.
(3) Le marquis et la dame de Nohant sa femme, étaient fort ladres et ne donnaient jamais rien aux valets. Le comte fils aîné de maître Nicolas, ne les aimait pas.
(4) Avait composé dans sa jeunesse des couplets fort méchants contre plusieurs personnes de la société de son temps. C'était un homme d'esprit et de mérite.
(5) Tous deux fort peu littérateurs.
(6) Le marquis d'Aigurande, un sot.

Prétend qu'il n'est rien de meilleur
Dans le martyrologe.

Pour faire la parade,
Il fallût, ce dit-on,
D'une tendre accolade
Accueillir le barbon :
Chaque dame, à son tour, d'un baiser le régale :
Quand ce fut à la Teinturier (1)
Papa (2) dit, en bouchant son nez :
« Les chats font dans la salle ! »

Ces dames, à leur suite,
Entraînent leurs maris,
Et chacun d'eux débite
Son couplet à Chloris ;
Tous l'amphitryon s'efforcent de complaire ;
Quand vint le tour du chevalier (3),
Ne sachant lire ni chanter,
On crut qu'il allait braire !

Présente à ce tapage,
La grosse Des Marest

(1) Elle avait une haleine empestée et était du reste une digne femme.
(2) Le vieux Nicolas était ainsi appelé par tous les siens.
(3) Le chevalier de C. était très sot et très ignare.

En elle-même enrage
De voir le souper prêt,   [service :
Dit qu'on va manger froid tout le premier
L'Haumeur(1)lui dit : «Point de façons,
Tenez, grignotez ces bonbons
Que j'ai pris dans l'office,»

On ne vous vit, Charasse,
Dans tout ce brouhaha :
Serait-ce une disgrâce ?
Vous a-t-on planté là ?   [crise(2)
Vous essuyez toujours quelque fâcheuse
J'avais bien du plaisir pourtant
A vous voir vif et sémillant
Auprès de la marquise.

Ces *cafés*, ces jeux de cartes, ces
réunions aristocratiques, n'étaient pas

(1) Le père et la fille. Tous deux étaient d'une
avarice sordide qui est restée proverbiale dans
le pays.

(2) M. de Charasse, dont il est encore question plus bas. Il était toujours fort empressé
auprès de la maîtresse de maison, qui se mo-
quait de lui. Un jour qu'il se trouvait accoudé,
bouche béante, sur le dossier du fauteuil de la
marquise de V., celle-ci, qui sans doute ne le
savait pas si près, se retourna et lui cracha
dans la bouche : c'est ce que la chanson appelle
improprement une *crise*.

les seules distractions qu'offrait alors
notre cité ; il en existait de plus déli-
cates, et qui annoncent que tous les
esprits de cette époque n'étaient pas
sans culture.

La bourgeoisie s'était, depuis quelque temps, partagée en deux sociétés
qui, sous les noms de *Troupe royale* et
de *Troupe d'Artois*, jouaient tour à
tour la comédie. J'ai souvent entendu
vanter le talent sérieux, la savante
diction, la noble tenue de M. X ; le jeu
fin et gracieux de Mme L.; la voix
fraîche et remuante de la belle Mme B.

Si quelques-uns de nos acteurs
avaient moins de mérite, tous, du
moins, à ce que l'on assure, montraient
la meilleure volonté. On cite, entre
autres, un M. de Charasse qui étudiait
ses rôles tellement en conscience qu'il
apprenait et débitait loyalement jusqu'à ces notes ou indications scéniques
que l'on sème dans le dialogue pour

régler le jeu et le ton des personnages; tels que ces mots : *Sganarelle*
prend un bâton; — *Ici Philinte met*
ses gants; — *A part, sans voir Liset-*
te... etc., etc.

Comme, chaque fois que ce digne
homme entrait en scène, on ne manquait jamais de pouffer de rire, il était
naturellement parti de là pour se croire
un excellent comique.

Mais hélas ! sur ces entrefaites, l'o-
rage révolutionnaire, qui grondait
depuis longtemps, éclata. Notre paisi-
sible cité en ressentit bientôt la com-
motion. Heureusement La Châtre tra-
versa les phases les plus terribles de
la tempête sans avoir à se reprocher
d'excès graves.

Notre population si remarquable,
entre toutes celles du Berry, par la
vivacité de ses sentiments, par l'ardeur
de ses opinions, ne se montra, pendant
ces moments de crise, ni intolérante,

ni cruelle. Aussi éclairée que généreuse,
jamais son enthousiasme ne dégénère
en fanatisme. Elle le fit bien voir en
ces circonstances ; elle l'avait déjà
noblement prouvé durant les guerres
de religion, lorsque, au milieu du dé-
chirement général, les protestants et
les catholiques que renfermaient ses
murs, non-seulement vécurent en paix
entre eux, mais encore repoussèrent
toujours de concert les fréquentes attaques des gentilshommes catholiques du
voisinage, qui brûlaient de s'introduire
dans leur ville pour y étouffer l'hérésie.

Au moment de l'émigration, il n'y
eut que messieurs de V. qui se crurent
dans l'obligation, ou qui tinrent à
honneur de passer à l'étranger. Les
autres nobles ne jugèrent pas à propos
de les imiter et ne s'en trouvèrent pas
plus mal. On songea si peu à les per-
sécuter que le plus important de tous
fut choisi pour maire de La Châtre pen-

dant une grande partie de la Révolution.

Quant à nos bourgeois gentilshommes, ils furent, pour la plupart, tout
aises et tout heureux de s'avouer le
peu de valeur de leurs parchemins. Ils
finirent par prendre d'autant plus volontiers leur parti, qu'il ne tardèrent
pas à comprendre que le plus beau
rôle leur était échu. Quand vinrent les
moments de danger, les uns volèrent
à la défense de nos frontières, les
autres prirent part à l'organisation et
aux travaux de la nouvelle commune ;
et c'est ainsi que furent subitement
troublés, et pour toujours, les joyeux
passe-temps de notre vieille société.

———

Chapitre VII

Les Brigands de 1789

En 1789, vers la fin de juillet, « l'agitation, dit M. Thiers (1), était universelle en France. Une terreur subite s'était répandue. Le nom de ces brigands qu'on avait vus apparaître dans les diverses émeutes était dans toutes les bouches, leur image dans tous les esprits. La cour reprochait leurs ravages au parti populaire, le parti populaire à la cour. Tout à coup des courriers se répandent, et, traversant la France en tous sens, annoncent que les brigands arrivent et qu'ils coupent les moissons avant leur maturité. On se réunit de toutes parts, et en quelques jours, la France entière est en armes. »

Le récit de l'un des mille épisodes

(1) *Histoire de la Révolution.*

de cette terreur panique se trouve
consigné dans les archives de la mairie
de La Châtre (Indre). C'est de l'histoire
locale, mais relative à une situation
générale, et d'autant plus saisissante
qu'elle a été écrite au jour le jour et,
pour ainsi dire, heure par heure, au
fur et à mesure que le drame se déve-
loppait.

Cette curieuse relation, rédigée *ex-
abrupto*, à la chaude, par le maire
alors en fonctions, a été plusieurs fois
publiée par les journaux de notre province, mais toujours d'une manière
plus ou moins incorrecte. Nous la
rétablissons ici d'après le texte origi-
nal contenu dans les registres des
archives de l'hôtel de ville de La
Châtre.

**Procès-verbaux de ce qui a été fait à
La Châtre, à l'occasion de la fausse
alarme des brigands.**

Aujourd'hui, mercredi, 29 juillet

1789, nous, Sylvain-Antoine Defougères de Villandry, conseiller du roi,
maire perpétuel de la ville de Là Châtre, étant de service au corps de garde
de l'hôtel de ville, en qualité de capitaine de la première compagnie de la
milice nationale, pour y passer la nuit
avec vingt hommes de garde destinés
à faire les rondes et patrouilles dans
les différents quartiers de la ville, —
le sieur Valentin Dupontet, bourgeois
de la ville d'Aigurande, s'est présenté
devant nous, à neuf heures et demie
du soir, et nous a dit être venu en une
heure d'Aigurande, pour nous apporter
une lettre du sieur André Dumerin,
notaire royal et contrôleur des actes
en ladite ville. Ouverture faite de cette
lettre, nous y avons vu que M. Vezy,
curé de Lourdoueix-St-Michel, donne
avis audit sieur Dumerin que quatre
mille brigands ont jeté l'épouvante
dans le pays, qu'après avoir tout ra-

vagé et égorgé dans les environs de La
Souterraine et de Magnac, ils sont aux
portes de Dun, d'où il arrive lui-même,
et où il a laissé les habitants dans la
plus grande désolation. Sur quoi, nous
sommes invités à prendre les précautions nécessaires pour la sûreté de cette
ville, qui, dès cette nuit même, pourrait bien être envahie et saccagée.

L'importance d'un pareil avis et
l'alarme qu'avait déjà répandue dans
la ville le récit de ce courrier, nous a
déterminé à convoquer sur le champ
MM. le marquis de Villaines, commandant en chef de la milice nationale ;
Sabardin, capitaine ; Lecamus, éche-
vin ; Pouradier de la Motte, lieutenant
général de police ; Néraud de Vavron,
lieutenant de la prévôté, et Porcher de
Lissaunay, procureur du roi et subdélégué ; auxquels nous avons communi-
qué la lettre d'avis qui venait de nous
être remise, et avons présenté le cour-

rier qui en était porteur, lequel, ayant été interrogé de nouveau sur toutes les circonstances de cet avis, a répondu affirmativement qu'il existait une troupe d'environ quatre mille brigands qui, réunis ou divisés, dévastaient les campagnes, volaient, brûlaient et égorgeaient ; que déjà La Souterraine, Magnac et les environs étaient devenus la proie de leurs brigandages, et qu'il n'y avait pas un instant à perdre pour nous mettre en sûreté,

Sur quoi ayant délibéré, il a été arrêté :

1° D'établir des barricades et des retranchements à toutes les entrées de la ville. Ce qui a été exécuté sous les ordres et par les soins de M. Sabardin, premier capitaine faisant fonctions de major.

2° De faire partir, à l'instant, des courriers à cheval pour les villes de Lignières, Châteauneuf, Bourges, Châ-

teauroux, Issoudun, Châteaumeillant
et Sainte-Sévère, munis de lettres
portant l'invitation aux magistrats de
ces différentes villes de nous envoyer
tous les secours dont ils peuvent disposer, avec injonction auxdits courriers d'avertir les habitants de toutes
les paroisses qu'ils traverseront ; — ce
qui a été exécuté aussitôt par nous,
maire, et de Lissaunay, procureur du
roi, qui avons, à cet effet, procuré les
chevaux et les secours nécessaires aux
citoyens de bonne volonté qui se sont
offerts en foule pour remplir ces différentes missions, et qui sont partis à
onze heures du soir.

3° D'envoyer sur-le-champ à Aigurande et à Dun, lieux d'où partent les
avis que nous avons reçus, quatre
personnes de résolution, bien montées
et bien armées, pour vérifier les faits,
s'assurer de la réalité des désordres,
nous instruire de la position et de la

marche des brigands, et nous dire s'ils
sont attroupés ou divisés par pelotons.
— Nous avons chargé de cette com-
mission les sieurs Valet, capitaine,
Duplomb, Acolas et Charbonnier,
bourgeois, qui sont partis avant minuit, avec promesse de nous faire un
rapport exact et prompt.

4° D'établir une garde avancée sur
le chemin de Vaudouan, à demi-lieue
de la ville, avec quelques cavaliers qui
voltigeront en avant ; de placer des
postes à l'hôtel de ville où est le corps
de garde ; au pont du Lion-d'Argent ;
à l'entrée du faubourg des Religieuses ;
à l'entrée de la rue de la Barre ; au
Pont-à-Lais, et enfin près de la place
de l'Abbaye St-Abdon.—Ces différents
postes entretiendront des communications entre eux, suivant les instructions
que leur donnera M. le marquis de
Villaines, commandant en chef.

5° Il a été arrêté que nous nous ap-

provisionnerions de poudre, balles,
mitraille et autres munitions de guerre.

— Le sieur Chicot, négociant, ayant
déclaré posséder dans son magasin
deux cents livres de poudre et une
quantité proportionnée de balles et de
plomb, nous en avons fait l'acquisition
et avons distribué le tout aux officiers
et soldats de la milice.

6° Nous avons décidé de faire battre
la générale pour réunir tous les citoyens en état de porter les armes, et aussi
de faire sonner le tocsin par la principale cloche, afin d'appeler les habitants
de la campagne à la défense de nos
murs. — Ces ordres ont été exécutés
sans retard, de manière que, de minuit
à une heure, nous avions réuni sur
la grande place du Marché un corps
d'armée qui s'appuyait sur la petite
promenade plantée d'arbres et fermée
de barrières, où, au besoin, il pouvait
trouver un excellent retranchement.

De minuit à une heure, l'armée avait complété son ordre de bataille, et chacun de nous y occupait le poste que lui assignait son grade.

Nous sommes restés dans cette position jusqu'à deux heures après minuit. Une illumination générale de la ville favorisait les manœuvres et laissait voir l'inébranlable résolution de notre troupe. Cependant, les femmes et les enfants du peuple, poussant des cris et des gémissements susceptibles d'ébranler les courages, nous les avons invités de rentrer dans leurs demeures et de se reposer sur notre dévouement à les défendre jusqu'à la dernière goutte de notre sang.

Mais, dans cet instant, à deux heures après minuit, il s'est élevé tout à coup un bruit tumultueux et des voix confuses qui criaient : — *A la garde ! aux armes ! Voici l'ennemi qui débouche par la porte Saint-Germain où la garde a été repoussée !* — Alors, un détachement s'avance pour amortir le premier choc ; mais on reconnaît bientôt que cette alerte avait été occasionnée par un courrier arrivant de Châteauroux, et qui, nous croyant dans l'ignorance de tout danger, avait traversé le faubourg en criant : « *Aux armes ! aux armes !.. vous aurez bientôt l'ennemi sur les bras !..* »

Le courrier, introduit à l'hôtel de ville, où le maire s'est rendu, a présenté une lettre des magistrats de Châteauroux, écrite pendant la nuit, pour nous avertir de l'invasion prochaine de quatre mille brigands qui ravagent les villes et les campagnes, pillent et égorgent les populations. Sur quoi ils nous invitent à prendre nos précautions et à joindre nos forces aux leurs, suivant le besoin des circonstances, pour repousser l'ennemi commun. Cette lettre contient la copie d'un

pareil avis et d'une pareille invitation
de la part de la ville d'Argenton, datés
du 29 juillet ; d'où il résulte que nos
messages se sont croisés en chemin.

Nous avons aussitôt, et par les mêmes
courriers, expédié nos réponses aux
villes de Châteauroux et d'Argenton;
et nous avons repris notre poste de
service avec la troupe, où nous sommes restés sous les armes jusqu'à quatre heures du matin, sans recevoir de
nouveaux avis. Alors, nous, maire,
avons invité M. le commandant, et fait
inviter les échevins, officiers de police
et capitaines de la milice nationale de
se rendre à l'hôtel de ville pour y tenir
conseil et délibérer sur les dispositions
à prendre ultérieurement.

En conséquence, nous nous sommes
rendus, le jeudi 30 juillet, à cinq heures du matin, dans la salle de l'hôtel
de ville, où nous avons repris la lecture des lettres d'avis qui nous sont

parvenues de Châteauroux et d'Argenton, et qui semblent ne laisser aucun doute sur une invasion prochaine.

Puis, il a été observé qu'une partie nombreuse de la troupe employée à la défense de la ville est composée d'habitants pauvres et malheureux de cette ville et de la campagne, qui n'ont d'autres ressources pour subsister que le produit journalier dont nous les avons distraits, et qu'il s'en présentera sans doute encore beaucoup de cette espèce dans le nombre de ceux qui nous seront envoyés par les paroisses voisines et par les autres villes de la province auxquelles nous avons demandé des secours.

Sur quoi il a été arrêté :

1° D'expédier un nouveau courrier à Bourges avec des lettres pressantes à M. l'intendant et à MM. les officiers municipaux pour les engager à nous envoyer ce qu'ils ont de troupe en

quartier dans leur ville ou un détachement de leur milice bourgeoise, avec
des munitions de poudre et de balles ;
comme aussi d'extraire du magasin
d'armes du bataillon de la milice provinciale cinquante fusils avec leurs
baïonnettes et autant de gibernes, pour
servir à notre défense. — Nous avons
chargé de ces lettres le sieur Peyrot,
invalide, qui est parti à l'instant même,
avec ordre d'être de retour dans vingt-
quatre heures.

2° D'envoyer un nouveau courrier à
Issoudun pour instruire les magistrats
de cette ville des avis que nous avons
reçus pendant la nuit des villes de
Châteauroux et d'Argenton, en les
priant de se tenir prêts à nous fournir
des secours en cas de besoin ou à recevoir les nôtres s'ils leur sont nécessaires. — Nous avons confié cette mission
à M. Coulon, qui s'est engagé à nous
rapporter la réponse en douze heures.

3° De faire un état de tous les hommes actuellement sous les armes et capables de servir, qui ont indispensablement besoin d'être soudoyés pour subsister, et de leur payer à chacun quinze sols par jour pendant tout le temps qu'il sera nécessaire de les garder en activité ; — ce qui a été exécuté par MM. les officiers de la milice nationale.

4° De renouveler les postes qui ont été placés à toutes les avenues de la ville, de les composer des hommes les mieux armés, les plus aisés, et les plus en état de remplir cet emploi pendant le jour ; de faire reposer le reste de la troupe jusqu'à nouvel ordre ; de visiter toutes les armes et de les faire réparer autant qu'il sera possible.

5° De s'occuper sans délai des approvisionnements de pain nécessaires à la subsistance de la ville et de tous les étrangers qui sont déjà venus et qui

pourront venir nous porter secours.
A cet effet, le procureur du roi, accompagné de détachements de notre milice,
a été chargé de visiter sur-le-champ
les boulangeries et les greniers de la
ville, pour s'assurer des ressources sur
lesquelles nous pouvons compter, et de
nous en faire son rapport. Il devra en
outre enjoindre aux bouchers de tuer
des bœufs pour l'approvisionnement
provisoire du jour. — Ce qui ayant été
exécuté, ledit procureur du roi nous
a certifié qu'il existait dans les greniers
huit cents boisseaux de froment en
grains et deux mille six cents boisseaux
en farine, avec lesquels les boulangers
s'engageaient à fournir tout le pain
nécessaire à la garnison, en attendant
les jours de marché ou de nouveaux
envois de grains. Quant à l'approvisionnement de viande, les bouchers
avaient assommé deux bœufs pour
subvenir aux besoins du moment.

6° D'établir des correspondances
exactes et réglées avec toutes les villes
de la province et les principales paroisses des environs, afin que, de proche
en proche, on puisse être instruit avec
célérité de la marche des brigands, et
qu'on soit en état de se procurer des
forces réunies et combinées dans les
lieux qui seraient menacés ou atta—
qués. — Il a été, à l'instant, donné
avis de ces dispositions à un grand
nombre de villes et de paroisses, pour
les prier de s'y conformer, et d'établir
de leur côté des correspondances qui,
de proche en proche, puissent, en peu
de jours, s'étendre aux autres provinces
et assurer une surveillance générale.

7° Il a été arrêté qu'il existera, jour
et nuit, à l'hôtel de ville, un comité
permanent, composé du maire qui
consent d'y rester invariablement fixé
avec M. le procureur du roi de la pré—
vôté, et, successivement les échevins,

23

les magistrats et MM. les officiers de
la milice nationale, pour recevoir les
avis, expédier les dépêches et vérifier
tous les rapports, en observant qu'en
cas d'alerte il ne restera au comité que
deux membres qui seront élus à cet
effet ; attendu que toutes les personnes
destinées à le composer désirent reprendre les armes et combattre, au
besoin, pour la défense de la patrie.

Et, le jeudi, 30 juillet 1789, huit
heures du matin, nous avons signé, à
l'hôtel de ville de La Châtre, le présent
procès-verbal, qui sera continué par le
comité permanent : —Le marquis de Villaines ; Defougères de Villandry, maire ;
Fauvre d'Acre ; Lecamus ; Baucheron,
procureur du roi ; Porcher de Lissaunay, procureur du roi de la prévôté et
subdélégué, et Cluis, secrétaire-greffier.

Le jeudi, 30 juillet 1789, neuf heures
du matin, le comité permanent étant
établi à l'hôtel de ville de La Châtre,

nous avons reçu une lettre de MM. les magistrats de Châteauroux, en date de ce jour, six heures du matin, par laquelle ils nous annoncent qu'incertains si la troupe de brigands se dirige sur Argenton ou sur La Châtre, ils attendent des nouvelles positives de leur marche pour se porter en foule du côté où ils se présenteront, nous assurant de leur secours en cas de besoin.

Une autre lettre de MM. les magistrats d'Issoudun, du matin de ce jour, nous apprend qu'ils reçoivent de toutes parts des courriers qui les avertissent de l'approche des scélérats soudoyés pour troubler notre repos et ravager nos propriétés. Ces mêmes magistrats nous assurent de leur zèle et de leur courage à nous secourir, et nous invitent à entretenir avec eux la correspondance établie

Les lettres qui nous sont parvenues

de Guéret, Châtelus, Aigurande et Sainte-Sévère, nous attestent, en même temps que l'existence des brigands, les ravages qu'ils ont commis à Boussac, à Confolens, au Dorat et à La Souterraine. Quelques-unes de ces lettres les disent réunis en troupe dans la forêt de Laurière, entre Guéret et La Souterraine. — En conséquence, nous avons fait expédier copie de ces lettres et les avons adressées à toutes nos correspondances.

Le même jour, après-midi, les principaux habitants des paroisses de Neuvy, Saint-Denis-de-Jouhet, Crevant, Briantes, Montlevic, Thevet et Ardentes, sont venus nous offrir les secours de leurs paroisses et nous assurer de leurs bonnes dispositions. — Nous leur avons témoigné la plus sincère reconnaissance, en les priant de se tenir armés et prêts à partir, au premier signal, pour se joindre à nous.

A deux heures après midi, il s'est subitement élevé un bruit tumultueux au faubourg Saint-Jacques, qui, répandu bientôt par toute la ville, a fait crier : — « *Aux armes !... l'ennemi arrive !...* » Alors, sans ordre donné, le tocsin s'est fait entendre, et l'on a vu courir en foule les habitants précédés des officiers, tous armés, du côté du faubourg Saint-Jacques d'où partait l'alarme. Nous y accourûmes nous-mêmes et reconnûmes bientôt que cette alerte avait pour cause la capture d'un inconnu, arrêté au-dessus de Saint-Lazare, sur la route de Guéret, par une de nos patrouilles qui le conduisait au corps de garde, où nous nous rendîmes nous-même pour examiner et interroger ce *quidam*.

Il porte une longue barbe, est chaussé de sabots et vêtu d'une mauvaise veste grise. Il ne s'est trouvé muni d'aucune arme, ni instrument, d'aucun argent,

papiers, passe-port, ni indice qui pût
fournir le moindre renseignement sur
ce qui le concerne.

Interrogé sur ses nom, surnoms,
qualité, demeure, — a dit s'appeler
Jean, avoir été domestique chez le
nommé Toustain, dans une paroisse
près Blancafort ; être actuellement
mendiant et n'avoir aucun domicile.

Interrogé sur son âge, — a répondu
avoir vingt-trois ans.

Interrogé d'où il vient, où il va, — a
dit n'en savoir rien et qu'il va partout.

Interrogé par qui il a été envoyé à
La Châtre et quels sont ses complices,
— a répondu n'en avoir point.

Interrogé pourquoi il porte une longue barbe, — a dit qu'il n'a point
d'argent pour se la faire couper.

Sommé de nous dire s'il est un
espion ou un émissaire, sous peine
d'être puni en cas de mensonge, — a
répondu qu'il est mendiant et vit de
charité.

Puis, l'avons sommé de signer ou déclarer la cause de son refus, — à quoi il a répondu ne savoir ni écrire ni signer.

Sur l'avis qui nous a été donné, par les habitants de la campagne, que le quidam était accompagné de deux hommes, un moment avant sa capture, nous en avons prévenu M. le commandant, qui a détaché des patrouilles dans tous les environs pour faire la recherche de ces individus, et en avons également informé les paroisses voisines et les villes de notre correspondance.

Après quoi, nous avons remis ledit quidam entre les mains des magistrats qui l'ont constitué prisonnier comme vagabond et sans aveu, jusqu'à plus ample information.

Le même jour, à quatre heures du soir, on nous a annoncé une députation de la ville de Linières, qui a été

aussitôt introduite. M. Aumerle, ancien
militaire et commis aux aides en ladite
ville, accompagné de plusieurs bourgeois du même lieu, nous a dit qu'ils
amenaient à notre secours une compagnie de cent cinquante hommes bien
armés, dont cinquante à cheval et cent
à pied, qui attendent nos ordres aux
portes de la ville. M. Aumerle a ajouté
que la ville de Linières nous offrait en
outre les services de huit cents autres
hommes campés dans ses murs et prêts
à marcher au premier avis.

M. Defougères, maire, a répondu :

« Messieurs, votre zèle à nous servir
répond à l'idée que nous avions de
votre courage et de votre générosité.
Il épuise toute notre sensibilité et
mérite toute notre reconnaissance. Nous
allons vous la témoigner par notre
empressement à loger votre troupe et
vous dans les meilleures maisons, où
chaque citoyen, en particulier, mani-

festera à ses hôtes l'estime que nous
avons pour eux et le mérite que nous
attachons au service que vous nous
rendez.

« Nous vous prions, Messieurs, de
faire entrer votre troupe et de la conduire sur la place d'Armes, où elle sera
reçue avec les honneurs qui lui sont
dus et où je vais lui faire présenter
des billets de logement, tels que chacun de vous en soit satisfait.

« Toutes nos maisons sont à vous,
Messieurs, et nous vous regardons
comme des frères avec lesquels nous
désirons de vivre dans la plus parfaite
union. »

La députation sortie, nous, maire,
avons fait expédier et distribuer cent
cinquante billets de logement pour que
cette troupe auxiliaire soit reçue et
nourrie, d'abord chez nous, ensuite
chez les officiers municipaux, les magistrats, ecclésiastiques, nobles, bour-

geois et principaux habitants, en observant de ne donner aucun logement chez les personnes peu aisées, attendu le poids déjà onéreux de leur service personnel.

A huit heures, dans la même soirée, une députation de la petite paroisse de Saint-Hilaire, près Linières, s'est présentée. M. *** nous a dit que les habitant de Saint-Hilaire,pénétrés des dangers dont nous étions menacés,avaient pris les armes pour voler à notre secours et attendaient nos ordres pour se mettre en marche ; que, provisoirement, trente hommes des leurs étaient à nos portes, et nous priaient de les admettre à la gloire de combattre à nos côtés pour le salut commun.

A quoi M. Defougères, maire, a répondu :

« Généreux amis, nous vous recevons dans notre sein et allons partager avec vous l'honneur de purger la

patrie des scélérats lancés sur nos
terres pour les dévaster. Montrons à la
France que le moindre village a ses
héros, que tous les Français le sont, et
qu'aucune nation ne sait mieux que
nous défendre ses propriétés et sa
liberté.

« Je vous invite au repos pour le
reste du jour ; séchez vos sueurs que
je voudrais essuyer de mes mains res-
pectueuses. Je vais faire entrer votre
troupe avec les honneurs qu'elle mérite
et lui faire distribuer des billets de
logement dont elle sera satisfaite. »

Ce qui a été exécuté sans délai.

A dix heures du soir, s'est présentée
et a été introduite une députation de la
ville d'Issoudun. — MM. le chevalier
Jouslin de Noray ; Charlemagne, tré-
sorier de France ; Dubois, procureur
de l'élection, et de La Pomme, ancien
militaire, nous ont dit qu'ils étaient
chargés par la ville d'Issoudun de s'as-

surer des dangers qui menaçaient notre
ville et de nous offrir leurs secours s'ils
étaient nécessaires; que leur mission
avait pour objet de nous confirmer en
personnes le dévouement que leurs
magistrats nous avaient déjà manifesté
par lettre, et que nous pouvions invariablement compter sur le zèle et l'empressement de tous leurs concitoyens.

M. Defougères, maire, a aussitôt
répondu :

« Si jamais l'union la plus intime
entre les villes et les provinces a dû
effrayer le brigandage et faire trembler
les ennemis de la nation, c'est dans ce
moment d'alarme et de calamité où
tous les vœux tendent au salut commun, où toutes les volontés, toutes les
forces et toutes les facultés se réunis-
sent pour assurer notre conservation
et celle de nos propriétés.

« Nous acceptons, Messieurs, avec
une vive sensibilité, l'offre de vos ser-

vices comme le gage d'une alliance
solide et durable dans nos besoins
mutuels, et nous vous prierons de
transmettre à vos vertueux et respectables concitoyens le témoignage de
notre sincère reconnaissance, à laquelle
rien ne peut être comparé, si ce n'est
le désir de leur prouver, dans l'occasion, le même dévouement et la même
générosité. »

A onze heures du soir, nous avons
reçu de M. Régnaud, bourgeois de
Genouillac, une lettre écrite à huit
heures du soir et apportée par nos
courriers. Par cette lettre, M. Régnaud
nous annonce qu'on lui mande de
Guéret que les brigands n'en sont éloi-
gnés que de quatre lieues, qu'ils sont
cantonnés dans les bois et qu'on craint
une irruption à Guéret pour cette nuit
ou demain.

A une heure après minuit, il nous
est arrivé de Châteaumeillant un cour-

rier porteur d'une lettre de M. Legier,
juge du lieu. Par cette lettre, écrite à
onze heures du soir, M. Legier nous
informe qu'il a rassemblé et mis sous
les armes mille hommes prêts à marcher sur notre première demande.

Nous avons également reçu de
MM. les magistrats de Châteauroux un
message, daté d'hier, huit heures du
soir, par lequel ils nous annoncent
qu'on leur mande d'Argenton que les
brigands sont à une lieue de St-Benoît-
du-Sault. — Châteauroux attend des
renseignements certains sur leur marche pour nous en faire part.

Nous avons expédié des réponses à
tous ces courriers et fait partir des
avis par nos correspondants.

Le vendredi, 31 juillet, à cinq heures
du matin, nous avons fait inviter tous
les officiers de la milice nationale à se
rendre au comité pour y prendre connaissance de tous les messages reçus

pendant la nuit et y tenir conseil.

Après délibération, il a été unanimement reconnu que toute la France ne doit plus faire qu'une même famille et une même société ; qu'il ne s'agit pas seulement de mettre en sûreté notre ville et ses environs, mais qu'il est de notre devoir de réunir toutes nos forces pour protéger et défendre non-seulement les villes et les campagnes du Berry, mais même les provinces voisines, de l'invasion des brigands et de tous les dangers dont notre patrie commune peut être menacée.

En conséquence, il a été arrêté de faire partir à l'instant pour Guéret une compagnie de cavalerie bien armée, avec ordre de se porter partout où on lui indiquera qu'il existe des brigands attroupés ou des dangers à prévenir. Ces cavaliers, comme témoins oculaires, seront en mesure de nous informer de la réalité et de la grandeur du danger, et de nous mettre à même de diriger sur les points menacés le gros de nos forces que nous dévouons au service et à l'utilité de toute la patrie.

Cette résolution prise et annoncée, nous avons vu accourir en foule les officiers de la milice nationale et les citoyens de tous les ordres, sollicitant l'honneur de faire partie de ce détachement.

MM. les députés d'Issoudun et la troupe auxiliaire de Linières ont réclamé avec instance la faveur de s'y joindre, et le comité a décidé de composer le détachement de : MM. Laisnel de La Salle, ancien garde de la porte du roi, capitaine de la milice nationale ; Laisnel de Marembert, lieutenant du maire ; Fauvre d'Acre, l'un des échevins ; Bernard, procureur du roi de l'élection ; le chevalier Culon de Clairfont ; le chevalier Jouslin du Portail, officier de la milice nationale ; le sieur

Chicot l'aîné, négociant ; Robin de La
Ronde, bourgeois, officier de la milice
nationale ; Pouradier-Dutheil , procureur ; Letellier fils, bourgeois, officier
de la milice nationale ; Bauniat, maître
sellier ; Chicot le cadet, officier de la
milice nationale ; Mantin, négociant ;
Girard, ancien maréchal des logis des
carabiniers, fourrier-major de la milice
nationale ; Baucheron, bourgeois ; Plas-
sat, notaire ; Giraud ; Selleron ;
Boutet, bourgeois ; — MM. Dubois,
Jouslin de Noray, de La Pomme et
Charlemagne, députés d'Issoudun ;
M. Aumerle, l'un des députés de Linières, et Loche, député de Châteaumeillant.

Nous avons fait délivrer des chevaux
à ceux qui n'en avaient pas, et tous
se sont rendus à cheval sur la place
d'Armes, où ils ont élu entre eux pour
capitaine commandant du détachement
M. Laisnel de La Salle, et pour lieute-

nant M. Aumerle.

Alors MM. les officiers municipaux ont remis à ces chefs des lettres de créance attestant le zèle patriotique qui a déterminé le départ de cette compagnie de cavalerie, dont la mission est de protéger et défendre la province de la Marche, et de lui offrir de plus nombreux secours. Par ces mêmes lettres, invitation est faite à la municipalité de Guéret de rendre à nos représentants les honneurs que méritent leur courage et leur patriotisme; à la charge pour eux de nous rapporter un certificat de MM. les officiers municipaux de Guéret, constatant que le détachement a rempli son devoir.

Du reste, nos cavaliers devront s'adjoindre en route les hommes envoyés par Sainte-Sévère et Châteaumeillant et qui doivent les attendre à Laugette.

Ces instructions données, le détachement s'est mis en marche, à dix heures

du matin, après avoir été conduit par
M. le commandant de Villaines jusqu'aux portes de la ville, au son des
tambours et aux acclamations de tout
le peuple.

Le comité a ensuite adressé ses
remerciements à la troupe auxiliaire de
Linières, qui est repartie comblée de nos
éloges et nous laissant l'assurance d'être
prête à revenir, sur notre première
invitation, avec toutes ses forces réunies.

Puis, nous avons pris connaissance
de diverses correspondances auxquelles nous avons immédiatement répondu.

Cependant, MM. les officiers de la
milice nationale sont venus nous assurer que le meilleur ordre régnait parmi
les troupes que nous avons sur pied,
et nous ont certifié que l'on a pris
toutes les précautions nécessaires pour
prévenir les surprises et combattre avec
avantage, en cas d'attaque.

A sept heures du soir, MM. Valette,

Duplomb, Charbonnier et Acolas, qui
avaient été chargés d'aller à Aigurande,
Dun et La Souterraine, sont venus nous
rendre compte de leur mission. Ils ont
trouvé la ville de Dun dans la plus
grande consternation, par suite du bruit
qui s'était répandu que les brigands,
après avoir dévasté le village de Rian,
pillé et brûlé plusieurs autres hameaux
et égorgé une quarantaine de personnes, s'étaient cantonnés dans la forêt
de Laurière, aux environs de La Souterraine.

Quelque temps après, à huit heures
du soir, les deux courriers successifs
que nous avions expédiés pour Bourges, dans la nuit du 29 au 30, se sont
présentés devant nous, et nous ont dit
que, malgré les plus vives instances,
ils sont restés un jour entier à Bourges
pour n'obtenir, en définitive, qu'un
refus de toute espèce de secours. En
effet, ouverture faite de la lettre que

nous adressent MM. Clément de Beau-
voir, maire, Sué et Callande, échevins,
et qui est datée du 30 juillet, ces messieurs nous mandent qu'ils éprouvent
eux-mêmes les plus grandes alarmes,
et qu'ils ont besoin de toutes leurs forces pour leur propre sûreté, attendu
que des avis de Sancerre leur annoncent l'arrivée, par Cosne, de huit à neuf
cents brigands, ce qui, ajoutent-ils, les
réduit à l'impossibilité de nous fournir
le moindre secours.

L'indifférence de la ville de Bourges
sur les dangers dont nous sommes
menacés a déterminé les membres du
comité à arrêter provisoirement qu'ils
ne seront plus en tribut de correspondance avec elle, et que sa réponse sera
déférée au conseil assemblé de la municipalité et de la milice nationale de
cette ville de La Châtre.

Un message plus généreux des échevins de Châteauneuf, du même jour,

30 juillet, nous apprend qu'ils sont sans armes ni munitions, mais qu'ils nous offrent le secours de leurs bras.

A neuf heures du soir, on nous a annoncé une députation de la ville de Saint-Amand, laquelle ayant été introduite, nous a remis une lettre datée de ce matin et signée de MM. Geoffrenet des Beauxplains, subdélégué, et Bonnet, juge de police, par laquelle ces messieurs nous marquent que la mission de leurs députés a pour objet de s'instruire particulièrement du sujet de l'alarme partout répandue ; de se concerter avec nous, au besoin, pour nos sûretés communes, et de former avec notre ville une alliance défensive.

M. Defougères, maire, a répondu :

« Messieurs, — Toutes les nouvelles que nous avons reçues par nos courriers ou par nos différentes correspondances, qui vont vous être communiquées, semblent ne point laisser de doute sur l'existence d'une troupe nombreuse de brigands aux environs de La Souterraine et de Guéret ; mais, Messieurs, nous avons formé en vingt-quatre heures, dans notre seul district, une milice de plus de cinq mille hommes de pied et de quatre cents chevaux, avec laquelle nous sommes en état, non seulement de défendre notre ville, mais encore de fournir des secours à nos voisins. Nous venons de diriger sur Guéret un détachement de cavalerie spécialement chargé de reconnaître l'ennemi et de nous instruire avec la plus grande célérité de sa position et de sa marche, afin que nous puissions nous porter à sa rencontre avec toutes nos forces et détruire jusqu'au dernier les scélérats qui troublent le repos public, font déserter toutes les campagnes et suspendre les travaux si précieux et si urgents de la récolte, attendue comme le terme de nos calamités.

« Quand nos précautions, nos diligences et notre activité n'auraient
d'autre résultat que d'éclaircir un fait
aussi étrange que le bruit de cette
invasion subite et destructive ; quand
même nous ne trouverions aucun
ennemi à combattre, la formation et la
vigilance de notre milice auront toujours eu l'avantage de calmer l'inquié-
tude inouïe et la désolation générale
répandues parmi le peuple, et il en
résultera toujours l'inappréciable bien-
fait d'avoir rassuré les campagnes et
ranimé l'activité de leurs travaux.

« Nous recevons, Messieurs, avec
autant de reconnaissance que de sensibilité l'offre de votre alliance, et nous
vous prions d'assurer votre ville de
tout notre empressement à lui porter
des secours lorsqu'elle croira en avoir
besoin. Nous la compterons désormais
au nombre de nos plus fidèles alliés, et
nous lui témoignerons dans toutes les

occasions l'estime qu'elle mérite et les
égards qui lui sont dus. — Nous allons
lui confirmer l'assurance de ces sentiments par les lettres de notre comité,
en réponse à celle qu'elle nous a fait
l'honneur de nous adresser. »

Le samedi, 1ᵉʳ août 1789, le comité a
reçu les correspondances de Châteauroux avec des nouvelles de Limoges,
du Dorat, de Ruffec, Saint-Claud,
Confolens et Rochechouart, lieux d'où
sont parties les premières alarmes. Il
a reçu également des messages
d'Argenton, de Neuvy, Boussac et
Sainte-Sévère, ainsi qu'une lettre du
détachement que nous avons envoyé à
Guéret, et tous ces rapports attestent
unanimement que les dangers que
nous appréhendions sont tout à fait
sans fondement.

En conséquence, nous avons adressé
des lettres circulaires à toutes les
paroisses de nos campagnes pour cal-

mer leurs inquiétudes et les inviter à reprendre leurs travaux, en les engageant toutefois à continuer de surveiller les gens de passage, inconnus et suspects, et à les observer avec la plus stricte attention, comme il est d'usage en cette ville où ils pourront les conduire en cas de légitime suspicion.

Après avoir expédié toutes nos correspondances, nous avons recommandé à notre milice de maintenir la police du marché aux grains, et d'en faciliter l'approvisionnement.

Le dimanche, 2 août, les rapports qui nous ont été adressés, pendant la nuit et le matin, par nos différentes correspondances, ayant continué de nous confirmer la fausseté des bruits qui ont occasionné nos alarmes, le conseil de la ville et de la milice a fait enlever les barricades aux entrées de nos rues.

Le même jour, à quatre heures du

soir, on nous a annoncé le retour du
détachement envoyé à Guéret. Après
avoir été reconnu, selon l'usage, aux
portes de la ville, par la garnison, nos
cavaliers se sont rendus en bon ordre
sur la place d'Armes, d'où ils se sont
dirigés vers leurs logements.

MM. Laisnel de La Salle, capitaine,
et Aumerle, lieutenant, s'étant ensuite
présentés devant le comité de l'hôtel
de ville, ils nous ont remis les lettres
de créance que nous leur avions données, le 31 juillet, lors de leur départ,
ainsi que le certificat que M. Chorlon
de Saint-Leger, maire de la ville de
Guéret, leur a délivré ce matin même.
Ce certificat atteste le bon ordre et
l'excellente discipline dont nos cavaliers ont fait preuve, et, en même
temps, l'estime et la vive reconnaissance que les habitants de Guéret ont
vouées à ceux de La Châtre, en retour
de leur généreux dévouement.

Après quoi, M. Laisnel de La Salle nous a dit que les perquisitions les plus minutieuses avaient été faites dans les bois et les montagnes des environs de Guéret, de Dun et de La Souterraine, lieux constamment signalés comme servant de refuge à des bandes de brigands, et qu'il avait été reconnu que leur existence en troupe était aussi fausse que les ravages qu'ont leur attribuait ;

Que le détachement qu'il conduisait a fait son entrée à Guéret aux acclamations générales de la joie publique ; que les citoyens les plus distingués se disputaient le plaisir de les loger ; que la ville entière leur a témoigné sa reconnaissance par des égards, des fêtes et des honneurs de toute espèce ;

Qu'aujourd'hui même, à cinq heures du matin, on leur a donné une messe en musique à l'église paroissiale, où se trouvaient la majeure partie des

citoyens et toutes les dames, et qu'enfin,
à leur départ, ils ont été conduits jusqu'au pont de Glénic, à plus d'une
lieue de la ville, par un détachement
de cavalerie composé de l'élite de la
jeunesse de Guéret, avec drapeaux et
musique en tête.

Sur quoi, le comité a témoigné sa
satisfaction à M. Laisnel de La Salle
et à M. Aumerle pour leur bonne conduite et celle de leur détachement, et
leur a exprimé tous les éloges que
mérite leur courage. La reconnaissance
que leur doit notre ville sera consignée
dans nos procès-verbaux, ainsi que le
récit détaillé de leur mission. Enfin,
nous allons délivrer à MM. Aumerle et
de La Pomme les certificats particuliers
qu'ils désirent et qu'ils ont si bien
mérités pour le zèle, le courage et la
générosité dont ils ont fait preuve.

Puis, il a été arrêté :

1° De rendre aux députations d'Issou-

dun et de Linières tous les honneurs
dus à leur patriotisme ;

2° De licencier les troupes auxiliaires
qui s'étaient réunies à notre milice, et
de rétablir l'entier exercice des arts,
métiers, professions et travaux des
campagnes ;

3° D'entretenir une garde bourgeoise
pour la sûreté de la ville et le bon
ordre ;

4° D'expédier des messages à tous
nos correspondants, et de les remercier
de leur concours, tout en entretenant
leur dévouement au salut commun.

Fait et arrêté à l'hôtel de ville de
La Châtre, le 2 août 1789, à huit heures du soir, par nous, Silvain Antoine
Defougères de Villandry, maire, et par
MM. les échevins, juges et officiers de
la prévôté royale, et autres commis-
saires du comité.

Signé : — Defougères de Villandry,

Fauvre d'Acre, Lecamus, Porcher de Lissaunay, procureur du roi et subdélégué, Baucheron, procureur du roi, et Cluis, secrétaire-greffier.

Chapitre VIII

___

Terroristes et Girondins

1793

Cependant 1793 était arrivé.....—
1793, cette année qui résume à elle
seule toutes les folies, toutes les vio-
lences qui ont compromis pour longtemps encore la cause de la liberté,
qui n'est autre que celle de l'humanité.
A cette date, on vit surgir, sur tous les
points de la France, des êtres faméli-
ques, auparavant sans nom, sans con-
sistance, et que l'orgueil, l'envie, la
haine, poussèrent contre tout ce qui
leur était supérieur par la richesse,
l'éducation ou l'honnèteté. Esprits
infernaux, qui interviennent à la fin
de toutes nos grandes luttes sociales,
et qui, sous prétexte d'achever la victoire du bien sur le mal, l'ensanglan-

tent, la déshonorent et en font perdre tous les fruits.

Un énergumène de cette espèce, sorti des rochers de Sainte-Sévère, était venu, vers ce temps-là, s'abattre sur La Châtre. Il s'appelait Jean P... Ci-devant procureur dans son petit bourg, c'était un homme plus remuant qu'audacieux. Sans talent, sans figure, n'ayant d'énergie que celle que lui communiquaient les circonstances, il était plutôt redoutable par la peau de terroriste que ses patrons de Paris lui avaient jeté sur les épaules, que par la cruauté de ses instincts. Il grêlait volontiers sur le persil, et n'osant trop s'attaquer aux hommes, il faisait surtout la guerre aux saints. Combien n'en a-t-il pas dénichés et décapités ? Aussi les bonnes femmes qui, dans nos localités, font particulièrement la réputation de ces sortes de personnages, le nomment-elles encore, en se signant, le *c'hti*

Jean P... Cet homme, au demeurant,
n'était pas si diable qu'il paraissait
noir. Il lui arriva souvent de crier :
Gare ! aux gens, et de leur donner le
temps de s'esquiver, avant de leur
courir sus.

Or, Jean P... se fit nommer procureur syndic du Conseil général de la
commune de La Châtre, qui, composé
de neuf conseillers ou officiers municipaux et de dix-huit notables, était
alors presqu'entièrement envahi par
la classe ouvrière. Le civisme de tous
ces magistrats était aussi ardent que
leur ignorance était grande. Jean Louis,
homme doux de caractère, et apothicaire de profession, remplissait les
fonctions de maire ; le cabaretier
Antoine était officier public, et comme
tel chargé de la tenue des actes de
l'état civil ; Pierre, tailleur d'habits,
était secrétaire, mais comme il ne savait pas écrire, on lui avait donné

pour commis-greffier un nommé Pois-
sonnier. — Tout ce troupeau marchait,
sans trop s'en douter, sous la direction
de Jean P..., le procureur de la commune, et sous celle de son frère puiné
qui faisait partie des notables.

Que de bons contes, que de gorges
chaudes, ne faisait-on pas sur les
balourdises journalières de ce singulier conseil ? Les bourgeois, laissés
complètement de côté dans les élections
municipales, s'en donnaient, surtout, à
cœur joie ; mais comme il ne s'agissait
pas que de plaisanter, ils prenaient
sagement leurs précautions contre le
flot populaire qui devenait de jour en
jour plus menaçant ; et tout en parais-
sant s'y abandonner et lui lâcher les
écluses, ils savaient fort bien, au
besoin, et sans qu'il y parût, le diriger
et lui opposer des digues. Se voyant
exclus des conseils de la commune, ils
n'avaient point hésité à élever autel

contre autel, et s'étaient hâtés d'organiser, sous le nom d'*amis de la Constitution*, une réunion démocratique qu'ils érigèrent en succursale de la *Société des Jacobins* de Paris.

Les Jacobins de La Châtre étaient complètement sous l'influence de la classe bourgeoise. Pour être admis au nombre des sociétaires, il fallait verser cinq livres à la caisse de la société et avoir payé ses impôts de l'année. Chaque bourgade du district avait sa réunion populaire, affiliée à celle de la ville, qui, à elle seule, comptait 375 membres. La plupart de ceux-ci étaient des bourgeois, des marchands, des gens de métier. On voyait aussi parmi eux, des prêtres *déprétrisés*, des nobles qui *avaient prouvé qu'ils ne l'étaient pas*.

La société populaire tenait ses séances dans l'enclos des Carmes. Elles s'ouvraient le soir à cinq heures et se

prolongeaient souvent jusqu'à neuf:
Un lustre en bois, garni de chandelles,
éclairait la salle des réunions. Une
table, servant de bureau et tout à la
fois d'autel de la patrie, était placée
devant le siège du président. C'est là
que l'on déposait les offrandes patriotiques. Tantôt, c'était le citoyen M...,
qui — délaissant et son titre de comte
et la particule, — envoyait une paire
de boucles d'argent et cent livres en
assignats ; tantôt, le fils du citoyen
Daudet, gendarme à l'armée de l'ouest,
qui, au nom de sa mère, présentait
une fort bonne ceinture prise sur les
rebelles par son père, et que sa mère
destine à faire des cols pour les braves
défenseurs de la patrie ; tantôt, le
ci-devant marquis d'Ai..., qui offrait
un sabre et faisait dire qu'il regrettait
que son grand âge ne lui permit pas
de s'en servir lui-même contre les
ennemis de la patrie ; tantôt, enfin,

c'était le citoyen Coulon qui gratifiait
la société du portrait de Brutus, et la
priait de l'exposer dans la salle des
séances. — Des femmes de toute
condition occupaient les tribunes publiques et s'y livraient à des travaux
d'aiguille. Les séances commençaient
ordinairement par des chants patriotiques de circonstance, composés assez
souvent par le barde de la société.
Elles se terminaient invariablement
par la lecture des *papiers nouvelles*
(journaux), annonçant presque toujours que *la fuite était plus que jamais
à l'ordre du jour chez nos ennemis* ;
enfin, la salle et les tribunes enton-
naient, en guise de *ite missa est*, la
strophe chérie : *Amour sacré de la
patrie !...* et tout le monde se séparait
aux cris de vive la *République !* Vive
la *Constitution !* Vive la *sainte
Montagne !*

La société populaire de La Châtre,

comme représentant essentiellement le peuple, s'était donné le pas sur tous les corps constitués de la ville. Son autorité finit par être d'autant plus grande qu'elle pourvoyait à tout : à l'approvisionnement de la ville et du district, à la salubrité publique, à la police urbaine et rurale, à l'organisation des fêtes. En conséquence, elle avait un comité des subsistances, un comité militaire, un comité de surveillance, un comité des arts, un comité de correspondance, etc., etc. Bref, elle rendait souvent des arrêtés qu'elle imposait à la municipalité elle-même, et disposait parfois des deniers de la ville pour les besoins de la communauté.

Jean P..., tout-puissant dans le conseil municipal, comme procureur de la commune, ne se sentit bientôt plus de force à lutter contre les bourgeois girondins de la société populaire. C'est pourquoi, profitant de la présence à

La Châtre du citoyen Ingrand, commissaire de la convention nationale, il céda ses fonctions à son frère, et se fit nommer procureur syndic de l'administration du district (octobre 1793).

— « Alors, dit le manuscrit qui nous fournit ces notes, armé d'un long sabre, et coiffé d'un chapeau à panache, on le vit, semblable à un loup dévorant, parcourir les communes et jeter partout la terreur. »

Secondé par un administrateur du district, le sieur Hyve..., sans-culotte pur sang, qui ne cachait pas son jeu, et qui avait, comme on dit aujourd'hui, le courage de ses opinions, il cherchait, par tous les moyens possibles, à décréditer dans l'esprit public les principaux chefs de la société populaire de La Châtre. Tous les deux ne manquaient aucune occasion d'accuser d'aristocratie la majorité de cette assemblée. Mais tandis que Hyve... l'appelait hautement un *tripôt*, et traitait hardiment et publiquement des individualités qu'il nommait, de girondins et de *muscadins*, l'astucieux Jean P... avait soin de propager les mêmes accusations sournoisement et sans bruit, à la manière de Basile.

Les chefs de la société, qui savaient de quelle importance il était pour eux d'aller promptement au-devant de leurs ennemis, et de leur en imposer, mandèrent tout à coup à la barre de l'assemblée le citoyen Hyve....Il avoua tout, et entra même dans des détails qui confirmaient ses dires.

L'assemblée, consultée, ne l'en déclare pas moins coupable sur tous les points ; le chasse de son sein comme calomniateur, et le met au ban de toutes les sociétés populaires du district. Le lendemain, 7 ventose an II, il est destitué de sa place d'administrateur du district par le citoyen Michaud, commissaire de la Convention, qui se trouvait alors à La Châtre.

Hyve... ne perd point la carte : il se rend à l'instant même à Paris, se présente devant la section des Gravilliers, et demande justice comme patriote opprimé. La société populaire de La Châtre, informée de ses démarches, prévient aussitôt ladite section de se tenir en garde contre les menées d'Hyve... — Trois semaines s'étaient à peine écoulées, que le comité de surveillance de la section des Gravilliers mandait à la société populaire de La Châtre, qu'ayant pris connaissance de toutes les pièces concernant Hyve..., il les avait adressées au comité de sûreté générale de la Convention qui, après les avoir examinées avec soin, avait fait incarcérer le citoyen Hyve... dans la maison de force. — « Vous voyez, disait en terminant le comité de surveillance de la section des Gravilliers, que les intri-

gants n'ont pas beau jeu à venir récla-
mer notre protection. »

Cette exécution sommaire du citoyen
Hyve... rendit beaucoup plus circons-
pects les ennemis de la bourgeoisie pré-
tendue jacobine de La Châtre. Voyant
ce qu'ils gagnaient à l'attaquer de front,
ils changèrent leurs batteries. Tous les
jours, à partir de ce moment, il se fit
dans l'assemblée les motions les plus
violentes. Les sans-culotte espéraient
par cette tactique, compromettre leurs
adversaires. En effet, nos bourgeois,
placés entre le désir de modérer les
excès populaires et la nécessité de
jouer leur rôle de démagogue, se trouvaient parfois dans le plus grand em-
barras. Cependant, à force de finesse,
à force d'apparentes et extrêmes con-
cessions, ils parvenaient toujours à se
tirer d'affaire. Vraiment, en plus d'une
circonstance, ils furent si loin, ils rem-
plirent avec tant de naturel leur rôle

de terroriste, qu'il fallait, pour ne pas
les prendre pour ce qu'ils se donnaient,
être tout à fait dans le secret de la
comédie.

Je citerai un exemple, entre mille,
de la manière dont agissaient nos pères
pour lever les difficultés et amener les
choses à leurs fins:

Le 4 février 1794, un vrai sans-
culotte de la société populaire propose
d'abattre le clocher ou beffroi de l'église
paroissiale qui servait alors de *temple
de la Raison.* Aussitôt, un bourgeois
monte à la tribune et représente que
les édifices de l'ancien culte, ayant été
déclarés bien nationaux, il n'appartient
point à l'assemblée d'en disposer.
« D'ailleurs, ajoute-t-il, comment con-
voquera-t-on le conseil de la commune
si l'on renverse le beffroi ? » L'assemblée passe à l'ordre du jour.—Le 6 mai
suivant, nouvelle attaque, dirigée, cette
fois, non-seulement contre le clocher,

mais contre l'ensemble de l'édifice. Ce
jour-là, Jean P.... expose que, pour
anéantir plus promptement le souvenir
d'un culte d'erreur et de superstition,
il est urgent de faire disparaître l'église
entière dont la masse informe occupe
un emplacement utile à la décoration
de la ville et au dégagement de ses
communications. — Le gros de l'assistance paraît goûter cette proposition.
A l'instant même, un autre bourgeois,
pensant que le moment est venu de
faire une concession, si l'on veut sauver
une partie du monument, assure qu'il
sera suffisant de supprimer la nef de la
ci-devant église, et demande que le
chœur soit conservé pour servir de
temple de la Raison. « Ce temple, dit-il,
tout à fait central, sera encore suffi-
samment vaste, et vous pourrez en
décorer les abords, en faisant planter
une avenue d'arbres sur l'emplacement
de la nef. ». Un troisième girondin,

remarquant quelque hésitation dans l'assemblée, tente alors de faire ajourner la destruction de la nef : « L'objet de cette discussion, s'écrie-t-il, est d'une importance majeure ; il exige beaucoup de réflexion et un débat approfondi. En conséquence, je propose, quant à présent, de passer à l'ordre du jour, sauf à reprendre plus tard, et à discuter pendant trois séances consécutives, la question qui nous occupe, après quoi, la société prendra telle décision que bon lui semblera. » — Cette motion fortement appuyée, est mise aux voix et adoptée. — Grâce à cet ajournement, la vieille basilique resta intacte.

Au reste, à part quelques fanatiques, tels que Jean P... et Hyve..., la société populaire ne comptait dans ses rangs que des gens fort peu dangereux. La gaieté qui forme le fond du caractère de nos populations, et qui les accompa-

gne jusque dans les moments les plus
critiques,les sauvera toujours des excès
révolutionnaires. Comme preuve de
cette humeur enjouée, je reproduirai
ici les extraits textuels de plusieurs
procès-verbaux consignés dans le
registre dont j'ai parlé.

Séance du 20 prairial, an II : — « A
peine commençait-on à s'occuper d'affaires sérieuses, qu'un membre propose que toute motion soit renvoyée à
la prochaine réunion : « Cette journée,
dit-il, étant consacrée à l'Eternel, nous
devons la passer en fêtes. En conséquence, je demande que la séance soit
levée, que le président annonce une
danse publique, et que, à l'instant
même les citoyennes Trossin soient
invitées à se rendre dans la salle avec
leurs violons. Cette proposition est
vivement applaudie. Les citoyennes
Trossin étant arrivées, le président
donne aussitôt le signal des danses en

ouvrant lui-même le bal avec..... la *déesse de la Sagesse !* »

Séance du 4 frimaire, an III : — « Le représentant Cherrier, alors en mission dans notre ville, demande à être reçu membre d'une société aussi pure que celle de La Châtre. Applaudissements universels des sociétaires et des tribunes. — Un membre alors s'écrie que l'instant heureux où la société possède dans son sein un représentant du peuple, un frère, un ami, doit être uniquement consacré à l'allégresse. Il propose que le reste de la séance se passe en chants civiques exécutés par les jeunes citoyens et citoyennes et que, pour prolonger le plaisir de voir Cherrier, il y ait bal toute la nuit. Ces propositions sont adoptées. — Le président, Laisnel La Salle, invite une jeune fille à chanter. Elle le fait avec autant de grâce et de talent que de modestie, et reçoit du représentant Cherrier et du président, l'accolade fraternelle.Plusieurs sociétaires, et même le citoyen Auclair, administrateur du directoire du département du Cher,de présent accompagnant le représentant du peuple dans cette commune, ont aussi chanté... »

Plus tard, le 30 ventôse, an VI, à propos de la fête de la *souveraineté du Peuple,* l'administration municipale de La Châtre termine ainsi le programme des réjouissances publiques : —« Pour compléter la fête, il y aura bal,l'après-midi, dans la maison de l'émigré Villaines. Tous les citoyens et citoyennes de cette commune sont invités à s'y rendre ; ils y trouveront violons et musettes. »

Comment voulez-vous que des gens qui pensent avant tout à s'amuser, passent leur temps à tramer des méchancetés.

Parmi les tableaux que nous offre le

compte rendu des séances de nos jacobins, il y en a, certes, de bien insensés,
de bien repoussants ; mais il en est
aussi d'agréables et qui contrastent
singulièrement avec ces folles et sombres saturnales. En voici deux :

« 27 prairial, an II. — Un membre
dépose sur le bureau un bouquet d'épis
de *marsèche* (orge). Le président le
prend et le place au-dessus de la statue
de l'Égalité. »

« 2 thermidor, an II :—Un sociétaire
fait observer que beaucoup de femmes
de vignerons étant malades, leurs
maris sont obligés de garder la maison
pour les soigner ; ce qui prive la campagne de bras vigoureux. Il prie, en
conséquence, la société d'aviser au
moyen de rendre à la moisson des
ouvriers qui, par suite de la rareté des
grains et des hommes, deviennent précieux et indispensables. Alors, la société
arrête d'enthousiasme que les cito-

yennes les plus aisées de la commune, que leur faiblesse de constitution rend impropres aux moissons, prendront soin de ces malades pour que les maris puissent travailler. — Les citoyennes prévenues de l'honorable fonction dont veut les charger la société, se présentent en foule et acceptent avec reconnaissance cette utile et patriotique mission. »

Ceci prouve une fois de plus que, sur le théâtre de la vie humaine, la pastorale se joue souvent en même temps que la tragédie.

FIN

Table des Matières

La Châtre, imp. L. Montu. 7-

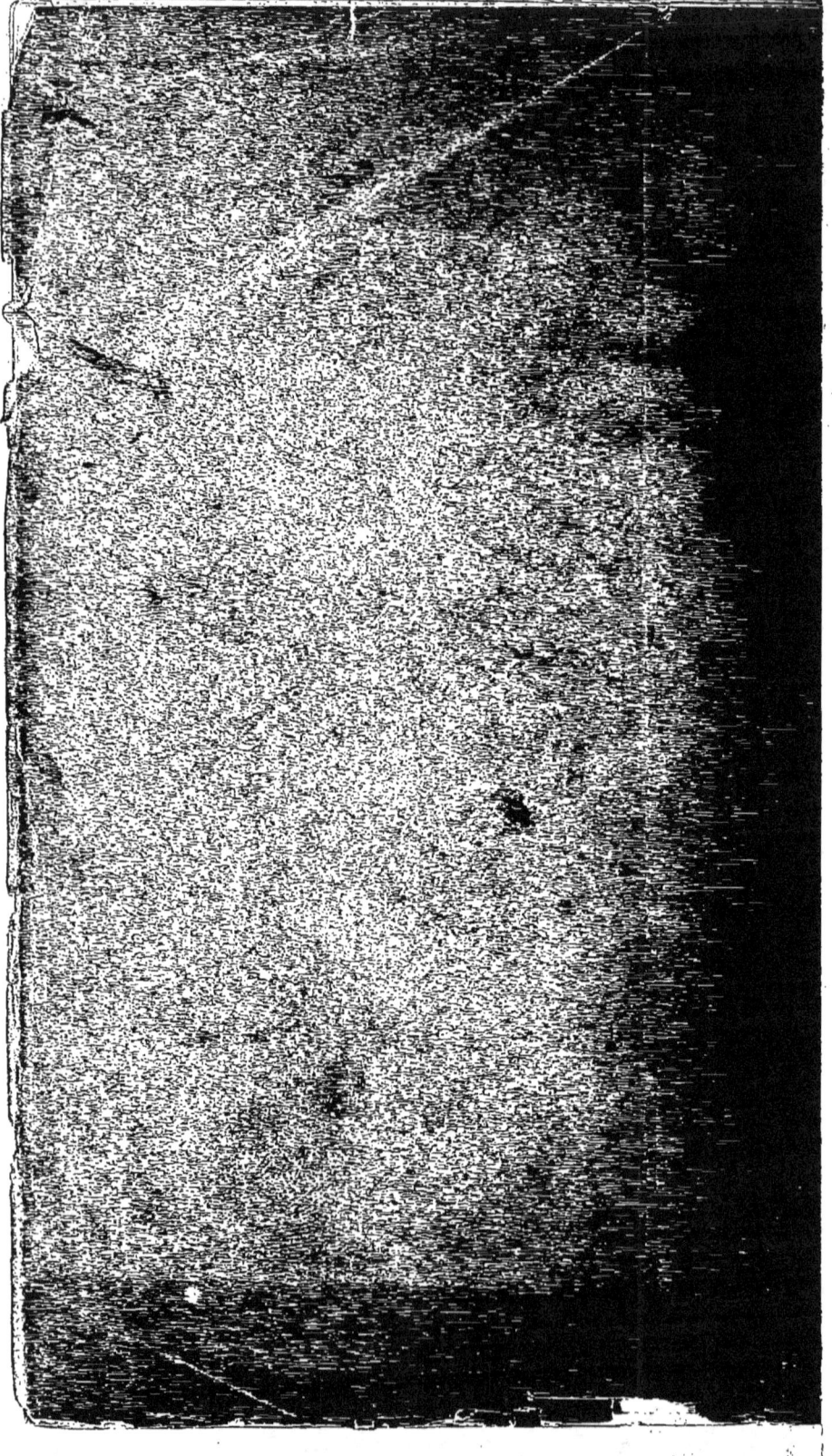